現代語訳

完本 小栗

信多純一　川崎剛志

和泉書院

「えいさらえい」、餓鬼阿弥をのせた土車が瀬田の唐橋を渡る。照天は夫の小栗と気づかぬまま、狂女のふりをしてこれに寄り添う。（宮内庁三の丸尚蔵館所蔵、絵巻『をくり』（『小栗判官絵巻』）第十三巻、本文77頁）

目次

さてこの物語の由来を詳しく尋ねると、国はというと美濃の国、安八《あんぱち》の郡《こおり》墨俣《すのまた》に鎮座まします、「たるいおなこと」のご神体は正八幡神であるが、この荒人神《あらひとがみ》（人として現れる神）の、神と現れたその次第を詳しくお話し、広め申すと、一時は人間としてこの世にお生まれになった。

そのただ人でおられた時のご由来を詳しくお話しすると、都には一に左大臣、二に右大臣、三に相模《さがみ》の左大臣、四位に少将、五位の蔵人《くろうど》、七には六位の滝口《たきぐち》の武士。八条殿、一条殿や二条殿、近衛関白、花山《かざん》の院、三十六人の公卿、殿上人《てんじょうびと》たちがおられるが、これら多くの公卿、殿上人の中にも、二条の大納言という、とりわけ立派な方がおられた。

その方の元服の時付けられた俗称は兼家と言い、御台所《みだいどころ》は常陸《ひたち》の佐竹《さたけ》源氏の流れを汲んでおられる。この二人、氏と位は高い方々であるが、跡を継ぐ男子も女子もなくて、ある時鞍馬の毘沙門天《びしゃもんてん》に参り、お子を授かるようにと申《もう》し子《ご》を祈念なさった。

満願の夜、御台所に御夢想があって、一枝に三つ成ったあり（梨）の実を給わった、と夢から醒めると、「まことに有難い御事や」と、御神前に山海の珍物や国土の果物をお供えし、お喜びは限りなかった。

御台所は、仏の御夢想のしるし、不思議な霊験がはっきりと顕れ、七月の妊娠の煩い、九月の苦しみ、そして臨月の十月に、御出産を迎えられる。

女房たちは参り、お世話をいたし、お子を抱き挙げると、御台所

二条大納言兼家夫婦は鞍馬の毘沙門天に参り、子を授かりたいと祈った。満願の夜、外陣の畳に臥す御台所の夢に、内陣より毘沙門天が現れ、一枝に三つ成ったありの実を授ける。懐妊。（宮内庁三の丸尚蔵館所蔵、絵巻『をくり』（『小栗判官絵巻』）第一巻）

はすぐに「男子か女子か」とお問いになる。「玉を磨き、瑠璃《るり》を押し延べたような御若君でございますよ」と答え、「あらめでたい御事や。天竺の須達《しゅだつ》長者のように富貴幸福にお成りください」と、祝いながら産湯《うぶゆ》にお入れする。そして肩の上に鳳凰の造り物を載せ、手の内に宝珠を握らせ、武士が廊下で桑の木の弓に蓬の矢を番《つが》え、「天地和合」と唱えながら四方を射て、お祝い申し上げた。

屋形《やかた》に齢《よわい》を経た翁《おきな》の太夫《たゆう》が参上して、「この若君に御名を付けてさしあげましょう。まことに毘沙門天の御夢想に、一枝に三つ成ったありの実を給わったことですから、ありの実にことよせて、すなわち御名を有若殿《ありわかどの》」とお付けした。

この有若殿には、お乳《ち》の人が六人、乳母《めのと》が六人、十二人のお乳の人や乳母がお預かりして抱きとり、大事にお育て申し上げる。年月の経つのは早いもので、二年三年と早くも過ぎ、七歳におなりになった。七歳の御時、父の兼家殿は有若を師恩に浴させようと、東山へ学問に登らせたが、なにしろ鞍馬の申し子のことだから知恵の賢さは言うまでもない。一字は二字、二字は四字、百字は千字とすぐに悟られるので、御山一番の学匠と評判になった。

昨日今日と思っていたら、もう御年は積もって十八歳におなりになった。父兼家殿は有若を東山からお願いして下山させ、身分に相応《ふさわ》しい位を授けたいと思われたが、家の氏位が高くて、兼家以上の、元服の烏帽子親《えぼしおや》に頼む人もなかったので、男山の石清水八幡宮《いわしみずはちまんぐう》

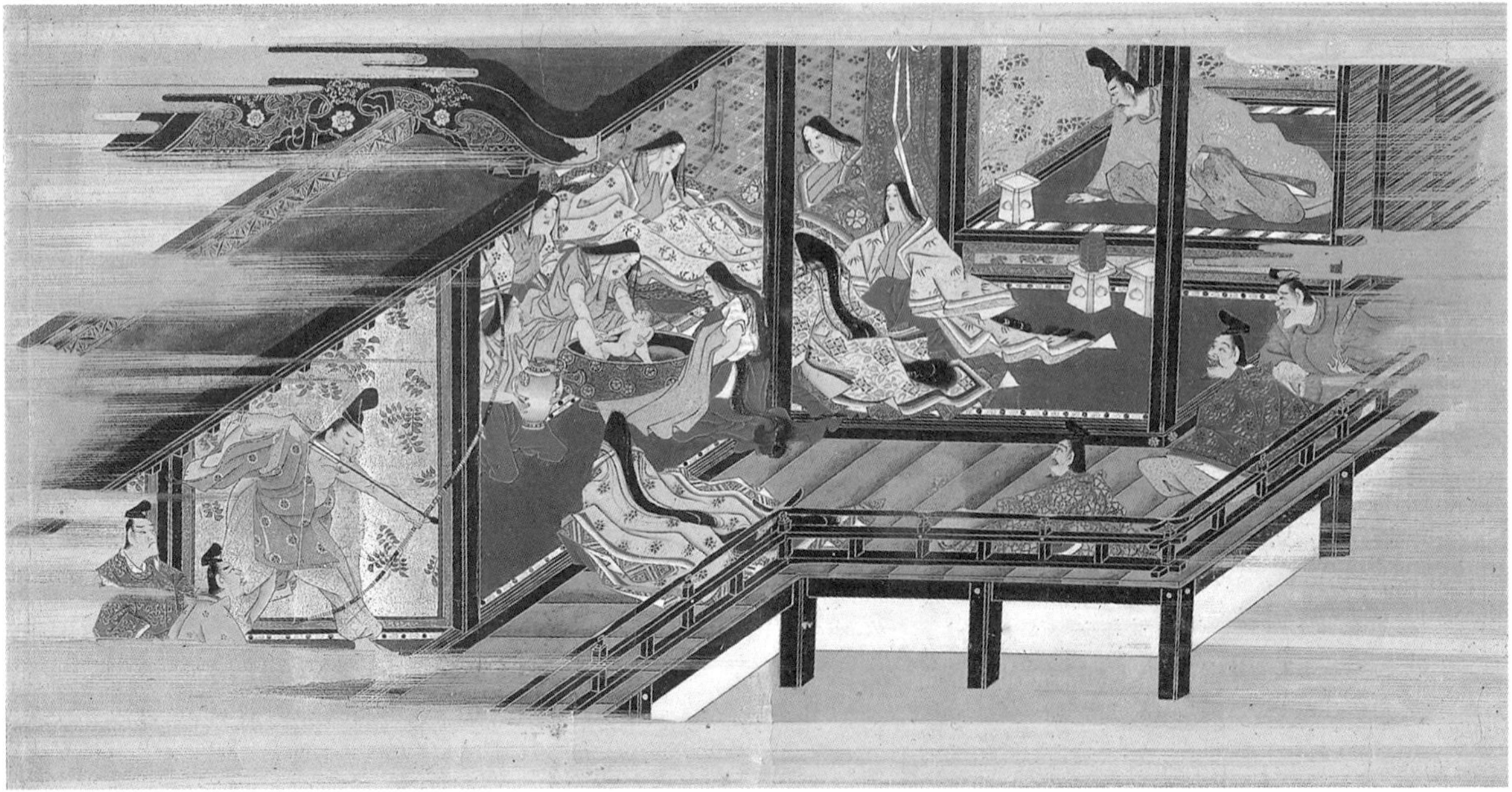

御台所は若君を出産。隣室から兼家が見守るなか、女房が若君を産湯に入れる。廊下では、武士が桑の木の弓に蓬の矢を番え、「天地和合」と唱えて四方を射る。翁の太夫がありの実にちなんで有若殿と名づけた。（第一巻）

の御前で、酒の瓶子《へいじ》一対を取り出し蝶花形に口を包み、式を挙げ祝って、すなわち御名を常陸《ひたち》小栗殿《おぐりどの》とお付けした。

母の御台所は大層お喜びになり、「それなら小栗に御台所を迎えてあげよう」と、御台所をお迎えしたが、小栗は素行態度がすこぶる非常識な人であるから、いろいろと妻嫌いをなさった。背の高い人を迎えると、深山木《みやまぎ》のようだと送り返される。背の低い人を迎えると、人並み以下といっては返される。髪の長い人を迎えると、蛇身（長虫）のようだと送り返される。顔の赤い方を迎えると、鬼神の相といって返される。色の白い人を迎えると、雪の精の、雪女のようで見ていて興がさめるといっては返される。色の黒い人を迎えると、身分の低い下種女《げすおんな》の賤しい相だといっては返される。

こうして送っては迎え、迎えては又送りして、小栗十八歳の二月から二十一の秋までに、御台所の数は以上七十二人にも及ぶと噂が立った。

小栗殿にはいまだに定まる御台所がおられないので、ある日雨中の所在なさに、さて私は鞍馬の申し子と聞いている。鞍馬へ参り、定まった妻を授かるようにお願いしようと思い立ち、二条の御所を立って、市原野辺《いちはらのべ》に至る。ここでふと漢竹《かんちく》の横笛を取り出して、八つの歌口を露でしめし、翁《じょう》が娘を恋う楽《がく》、唐団乱旋《とうとらでん》、舞団乱旋《まいとらでん》、獅《し》子団乱旋《とらでん》という楽を、半時ばかり吹き鳴らされた。

深泥池《みぞろがいけ》の大蛇はこの笛の音を聞いて、あらおもしろい笛の音であるよ、この笛の吹き手の人を一目拝みたいものと思い、十六丈の大

妻乞いのため鞍馬に参る途中、市原野辺で小栗は漢竹の横笛を吹き鳴らす。笛の音にひかれて、深泥池の大蛇が伸び上がる。小栗の美しい姿を一目見て、大蛇は契りをこめたいと思う。（第二巻）

蛇が二十丈に伸び上がり、小栗殿を拝み、あら美しい男子《おのこ》や、あの男子と一夜の契りをこめたいと思い、年の頃を数えれば、十六七の美人の姫と身を変じて、鞍馬の最初の階《きざはし》に、様子ありげに立っていた。

小栗はこれを御覧になり、これこそ鞍馬の御利生《ごりしょう》と喜び、美しい輿にお乗せして、二条の屋形に帰ってこられ、山海の珍物に国土の果物を調えて、お喜びは限りなかった。

しかし、良いことは世間にわからないが、悪事は千里の外まで直ぐ知れわたる、善悪は錐《きり》が袋を通すといった諺の通り、このことを都の若者どもが漏れ聞いて、二条の屋形の小栗殿と深泥池の大蛇とは夜な夜な通い逢い、契りをこめているという風聞が拡がった。

父の兼家殿はこれをお聞きになり、「いくらわが子の小栗とはいえ、心がよこしまな者は都に置いておくことは出来ない。壱岐、対馬になりとも流そう」と仰せになる。御台所はこのことをお聞きになり、「壱岐、対馬に流されたなら、また会うこともかなわない。私の所領は常陸です。どうか常陸の国へお流しになってください」と乞われる。

兼家もまことにその通りとお思いになり、母の所領に、常陸の東条《とうじょう》、玉造《たまつくり》の荘園を添えて、その地へ流す。小栗はそこに御所を立ててお住みになった。

常陸の国三かの荘の諸侍はそれぞれに相談して、「あの小栗とい

深泥池の大蛇は十六、七歳の美女に化けて、鞍馬の階の前に立つ。小栗はこれこそ鞍馬のご利生と喜んで、美しく飾られた輿を用意する。やがて美女を輿に乗せ、二条の屋形に連れ帰る。（第三巻）

う人は、天上界から下ってきた降《ふ》り人の子孫であるので、京の都に変わらず、奥の都の大切な人」として、大事にお仕えする。

　そしてすぐに役職をさしあげて、小栗の判官《はんがん》ありとせ判という、判官（検非違使《けびいし》の尉《じょう》）の任命文書を作り、軍勢の大将と小栗を立てた。そして夜番、当番などきびしく、毎日の御番は八十三騎をお付けした。

　こうしてめでたくお過ごしになっていたが、ある時のこと、どこの誰とも知らない商人《あきんど》が一人、御所に参り、「何か御用はございませんか。紙か、板に巻いた絹織物の御用はいかが。紅《べに》や白粉《おしろい》、懐紙はいかが。お香の道具には沈《じん》、麝香《じゃこう》、三種《みくさ》の練香《ねりこう》、団茶《だんちゃ》（練り固めた上等の茶）、沈香《じんこう》の御用は」などと呼ばわって売った。

　小栗はこれをお聞きになり、「商人が背負ったものは何だ」とお問いになる。この商人、後藤左衛門は承《うけたまわ》って、「さようでございます。唐の薬が千八品、日本の薬が千八品、二千十六品とは申しますが、まず中へは千種ほど入れて負って歩くによって、総称は千駄櫃《せんだびつ》と申します」と言った。

　小栗はこれをお聞きになり、「これほどの薬の品々を売るならば、国中を巡らないはずはなかろう。国はどれほど経《へ》巡った」とお問いになる。後藤左衛門は承って、「さようでございます。鬼界《きかい》、高麗《こうらい》、唐へは二度渡る。日本は三度経巡りました」と言った。

　小栗はこれをお聞きになり、まず本名をお問いになる。「高麗では亀谷《かめがえ》の後藤、都では三条室町の後藤、相模の後藤と呼ばれるのは私でございます。後藤の名字の付いた者は、三人の他にはございません」と、ありのままに申し上げる。

小栗はこれをお聞きになり、「姿形はいやしいけれど、心は春の花のように明るく風流であるよ。小姓たちよ、酒一つ与えよ」と仰せになる。

お酌に立った小姓たちが小声になって言うことには、「のう、どうだ後藤左衛門、これにおいでの君には、まだ定まった御台所がおられないから、どこかに眉目《みめ》よいお方がおられたら仲人《なこうど》をいたせ。良い引出物がもらえるぞ」と言った。

後藤左衛門は、「存じませんと申しますと、国々を巡った甲斐もありません。ここに武蔵と相模の両国の守護代で、横山殿という方は、男子が五人までおられますが、末の姫君がおられなくて、下野《しもつけ》の国日光山に参り、照る日月に申し子をなさいました。なにしろ六番目の末の姫のことであるので、御名を照天《てるて》の姫といいます。この照天の姫のお姿、形の人並み以上の美しさと申したら、姿を言えば春の花、形を見れば秋の月、両の手の指までも瑠璃の玉を延ばしたようで、赤く潤う唇は鮮やかに映え、笑顔の歯並びの美しさは情愛を示し、翡翠《かわせみ》の羽のような美しい髪は黒く長いので、まるで青黒色の立て掛けた板に香墨の墨をさっと一気に流したようです。あの唐の太液《たいえき》の芙蓉《ふよう》に比べ、なお未央《びおう》の柳のような姫の髪はしっかりとしています。池の蓮が朝露を含んで、ちょっと傾いた風情も美しいものですが、姫にはとても及ぶものではありませんよ。ああ、この姫こそこの御所の定まる御台所様ですぞ」と、言葉に花を咲かせて、言葉を尽くして言った。

小栗は、小栗は、はやくも見ぬ恋にあこがれて、「仲人をせよ、商人」と黄金十両を取り出し、「これは当座の祝儀だ。このことがめでたく成就したなら、褒美は望みのままであるぞ」と仰せになる。

後藤左衛門は聞いて、「位の高い御方の仲人をいたそうなどとは、おそれ多いと存じますが、先方が返事を書いてよこすような内容の、お手紙をお書きください」と、料紙《りょうし》と硯を差し上げる。

小栗はよろこび、思いをこめて、紅梅色の厚手の紙に白の薄い鳥の子紙を重ね、その二枚を引き延ばしてなじませ、逢坂山《おうさかやま》に住む鹿の毛を穂先に巻いた蒔絵《まきえ》の軸の筆に、紺青《こんじょう》の墨をたっぷり含ませて、書院の窓の明かりのもと、思いの言葉をまことに人にすぐれて立派に書きあげ、通常の恋文の山形様《やまがたよう》ではなくて、まだ待つ恋のことであるので松皮菱《まつかわびし》のかたちに結び、「やあ、なんと後藤左衛門、この手紙を頼む」と仰せになる。

後藤左衛門は「仰せ承知いたしました」と、葛籠《つづら》の中の箱にしっかと入れて、掛紐つかんで肩にかけ、天を走り地をくぐる勢いで、急ぐと、程もなく横山の屋形に駆けつけた。

自身は広縁《ひろえん》の下の落縁《おちえん》に腰を掛け、葛籠の中の箱に薬の品々をたくさんに積み、乾《いぬい》（西北）の局《つぼね》にさしかかり、「何か絹織物の御用はありませんか。紅や白粉、懐紙、御匂いの道具では沈、麝香、三種の練香、団茶。沈香の御用はありませんか」などと呼ばわって売った。

冷泉《れいぜん》殿に侍従《じじゅう》殿、丹後の局にあこうの前、かれこれ七八人おられたが、「あら珍しい商人だわ。どちらから来られたの。何か、珍しい商い物はないか」と問われる。

後藤左衛門はお聞きして、「珍しい物は何でもございますが、これより常陸の国、小栗殿の裏辻で、いかにも見事にしたため、誰かに見せるようにした落し文一通を拾って持っております。たくさんの文を見ましたが、これほど表書きの見事な文はいまだ見たことがありません。お聞きいたしますが、ご身分高きご婦人方。これは古今、万葉、和漢朗詠集などの歌の趣意でもございましょうか。もし良いものなら書のお手本にでもなさいませ。悪くは引き破り庭に捨て、お笑いの種にでもなさいませ」と偽り、文を差し上げた。

女房たちは偽りの文とは分からなくて、さっと広げて拝見する。「あらおもしろ、と書かれている。上にあるのは月か星か、中は花、下には雨あられ（私とともにおもしろくあそびましょう。貴女は雲の上のような方、月か星か手には届かない、その艶な色香は中空に咲きほこる花のよう、私はその下で、君にあこがれて涙は雨あられと降るばかり）と書かれてあるが、これは心狂気か、狂乱の者か。意味の通らない事を書いたものよ」と、一度にどっと笑われた。

七重八重九重の幔幕《まんまく》の内におられた照天の姫はお聞きになり、中の間までそっと出てこられ、「のう、なんと女房たち、何を笑っておられるのか。おかしい事があるなら、私にも知らせよ」と仰せに

商人の後藤左衛門は、小栗の書いた照天への恋文を携えて横山の屋形に行く。乾の局にさしかかると、何食わぬ顔で商人の口上を述べる。照天の女房たちが現れ、「珍しい商い物はないか」と問う。(第四巻)

なる。

女房たちはお聞きになり、「何もおかしいことは有りませんが、これにおります商人が、常陸の国小栗殿の裏辻で、さも見事にしたためた落し文一通を拾い持っていると申しますので、拾った所が奥ゆかしく心ひかれて、広げて拝見しておりますが、何とも意味が通りません。これ、これをどうぞ御覧ください」と、元のようにおし包んで、御扇に据えて照天の姫に差し出した。

照天はこれを御覧になり、まず表書きをお褒めになる。「天竺にては文殊菩薩《もんじゅぼさつ》、唐土にては善導和尚《ぜんどうおしょう》、わが国にては弘法大師の御筆跡をお習いになったのか。筆遣いの見事さよ。墨付きなどの美しいことよ。墨の香気や筆跡の気高さは、考えも言葉にも及ばないことだ。文の主は誰とも知らないけれど、文で人を死なすことよ」と、まず表書きをお褒めになる。

「のう、なんと女房たち、百様を知っていても、一様を知らなければ、それが大切であるかも知れないので、知っていても知らないことと同じという、たとえもあるではないか。しいて争うことのないように。知らないのであれば、そこでお聞き。さてこの文をわかりやすく読んで聞かそう」と、文にかかった紐を解いて、さっと開いて拝見なさる。

「まず一番の筆立て（書き出し）には、細谷川《ほそたにがわ》の丸木橋《まろきばし》とも書かれたのは、この文最後まで渡りきって、つまり途中で止めないで奥まで読んで、返事せよという意味と解こうか。軒の忍《しのぶ》と書かれたのは、

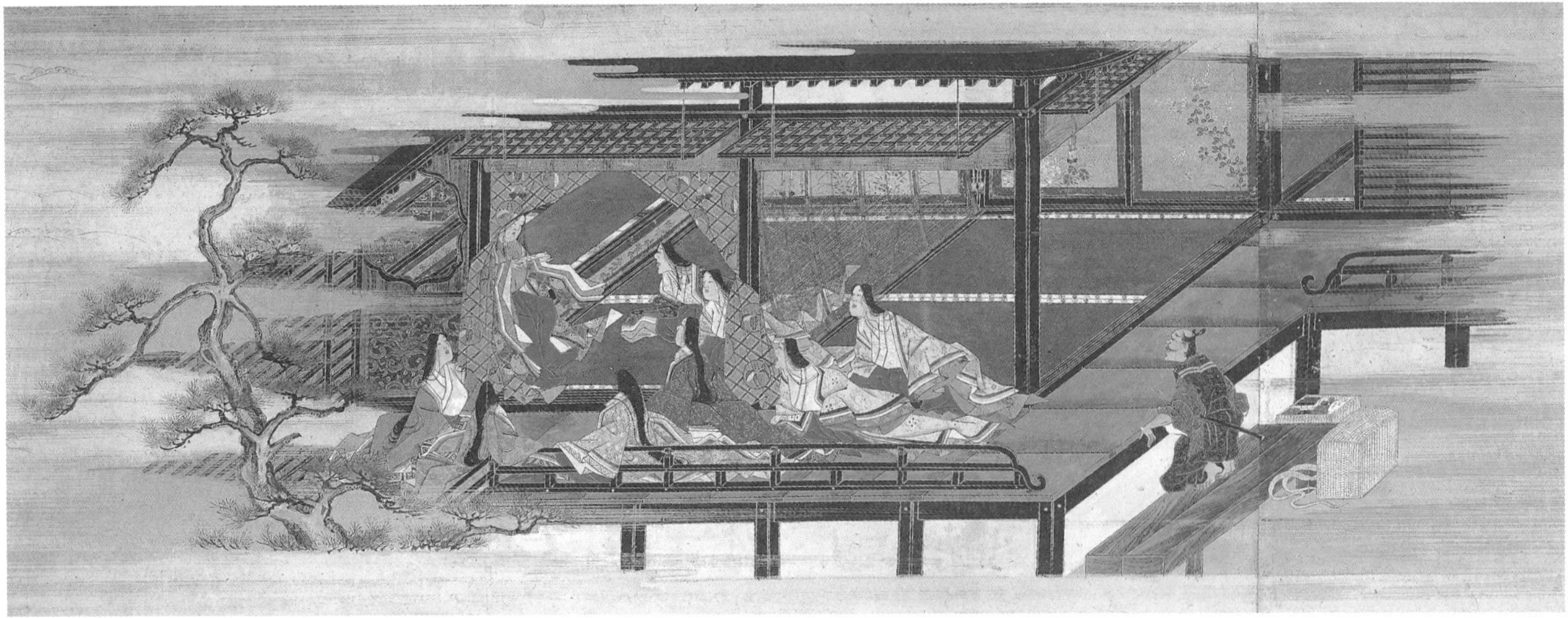

後藤左衛門が拾ったという落し文（実は小栗の恋文）をみて、意味が通らないと女房らが笑うところへ、幾重もの幔幕の内から照天が現れる。照天はその文の巻物を手に取ると、まず表書きを褒め、続いて文意を解き聞かせる。（第五巻）

暮れほどに露の恵みを待ちかねていると解こうか。野中《のなか》の清水と書かれたのは、このこと人に知らせるな、こころの内で一人済（澄）ませてほしいと解こうか。沖漕ぐ舟とも書かれたのは、恋い焦がれているぞ、急いで岸に着けよと解こうか。岸打つ波とも書かれたのは、くずれて物を思うと言うのか。塩屋の煙と書かれたのは、さて浦風が吹くならば一夜は靡《なび》けと解こうか。尺ない（長さの足りない）帯と書かれたのは、いつかこの恋成就して結び合おうと解こうか。根笹に霰《あられ》と書かれたのは、さわれば落ちよと解こうか。二本薄《ふたもとすすき》と書かれたのは、いつかこの恋穂に出て乱れ合おうと解こうか。三つのお山と書かれたのは、三熊野に申すよう願いを叶えと解こうか。羽ない鳥に弦《つる》ない弓と書いてあるのは、さてこの恋を思い染めてより、立つにも立たれず、いるにもいられないと解こうか。

さてもう奥までも読むまい。ここに一つの奥書《おくがき》がある。恋う人は常陸の国の小栗である。恋われる者は照天である。あら見たくもないこの文よ」と、二つ三つに引き破り、御簾《みす》より外へふわと捨て、簾中《れんちゅう》深くお入りになった。

女房たちは御覧になり、「だから言わないことか。ここにいる商人が、大変なことを人に頼まれて、文の使いをするよ。警護の者はいないか。あの者をどうかしなさい」と言う。

後藤左衛門は聞いて、そら、やってしまったとは思ったが、男の心と内裏《だいり》の柱は大きく太くあれという諺もあれば、出来ないまでも脅してみようと思い、葛籠の掛紐をつかんで庭の白州《しらす》に投げ、自分は広縁に踊り上がり、板を踏みならし、『観仏経《かんぶつきょう》』を引いて脅された。「のうのう、なんと照天の姫、今の文をどうしてお破りなされたのか。天竺にては文珠菩薩、唐土にては善導和尚、わが国にては弘法大師の、御筆始めの筆跡であるから、一字破れば仏一体、二字破れば仏二体、今の文をお破りなくても、弘法大師の二十の指を喰い裂き、引き破ったのにちょうど同じ。あら恐ろしい、照天の姫の後の業《ごう》（死後の報い）は一体どういうことになるのやら」と、板踏みならし、『観仏経』を引いて脅したのは、これこそ檀特山《だんどくせん》の釈迦の御説法といっても、これにはどうしてまさろうか。

照天はこれをお聞きになり、早くもしおしおとなって、「武蔵、相模、両国の殿原たちからたくさんお手紙が来たのも、今まではこれも喰い裂き、これも引き破ってきたが、照天の後の業となるのだろうか、悲しいことよ。千早振《ちはやぶる》、千早振、神も鏡に映して御覧あれ。この罪をまったく知らないでいたことを、お許しなされてくださりませ。さてこのことが、明日は父横山殿、兄殿原たちに漏れ聞こえ、処罰されても仕方のない成り行きである。今の文の返事をいたそうよ、侍従殿」と言い、侍従もこの仰せをお聞きして、「そのお考えならば、御手紙お書きください」と、料紙と硯を差し上げる。

照天はうれしくお思いになり、紅梅色の厚手の紙に白の薄い鳥の子紙を重ね、その二枚を引き延ばしてなじませ、逢坂山に住む鹿の毛を穂先に巻いた蒔絵の軸の筆に、紺青の墨をたっぷり含ませて、書院の窓の明かりのもと、自分の思いの言葉をまことに人にすぐれて立派に書きあげ、通常の恋文の山形様ではなくて、まだ待つ恋のことであるので松皮菱のかたちに結び、侍従殿にお渡しになる。侍従はこの文を受け取って、「やあ、なんと後藤左衛門、これはさっきのお手紙の御返事だよ」と後藤左衛門にお渡しになる。後藤左衛門は「仰せ、承知いたしました」と、葛籠の中の箱にしっかと入れて、掛紐をつかんで肩にかけ、天を走り地をくぐる勢いで、急ぐと、程もなく常陸小栗殿のところに駆けつけた。

小栗はこの様子を御覧になって、「やあ、なんと後藤左衛門、手紙の御返事は」と仰せになる。後藤左衛門は「いただいてございます」と、御扇に据えて小栗殿に差し上げる。

小栗はこれを御覧になって、さっと広げて拝見なさる。「あらおもしろと書いてある。細谷川に丸木橋のその下で、踏み合いましょうと書かれたのは、これはただ一家一門は知らないが、姫一人の承知とみえる。一家一門は知ろうと知るまいと、姫の承知こそ大事なことだ。早く婿入りしよう」と相談する。

周囲の者はお聞きになり、「のう、小栗殿、上方に変わり、この奥方では一門が知らない中では、婿は取らないと申しますので、今一度、一門の御中へ使者をお立てなさいませ」と言う。

小栗はこれをお聞きになり、「何大剛の者が、使者を立てるほどのことはない」と、屈強の侍を千人選び、千人のその中から五百人選び、五百人のその中から百人選び、百人のその中からさらに十人を選んで、自分に劣らない異国の魔王のような大男の殿原たちを十人召しつれて、「やあ、なんと後藤左衛門、どうせ同じことなら道筋の案内を」と仰せになる。

　後藤左衛門は「承知いたしました」と、葛籠をわが宿に預けておき、編笠を目深にかぶって、道筋の案内をする。

　横山屋形の傍の、小高い所へさし上がり、「御覧ください、小栗殿、あれにある棟門《むねかど》（切妻破風造《きりづまはふづく》りの屋根をつけた立派な門）の高い御屋形は父横山殿の御屋形、これに見えた棟門の低い所は五人の御子息の御屋形、乾の方の主殿造《しゅでんづく》りこそ照天の姫の局です。門内にお入りになるその時に、番衆が誰だと咎めるなら、いつも来る御来客を知らないのかと言うたなら、たいして咎める人はございますまい。私ははやこれで御暇《おいとま》を申します」と言うので、小栗はこれをお聞きになり、かねてから用意していたことなので、砂金百両、巻絹百匹に、奥州産の駒を添えて、後藤左衛門に贈り物を下された。後藤左衛門は贈り物をいただき、喜ぶことは限りなかった。

　十一人の殿原たちは門内にお入りになる。番衆がはたして「誰だ」と咎める。小栗はこれをお聞きになり、目をいからせて、「いつもやって来る客人を知らないのか」と仰せになると、咎める人もない。十一人の殿原たちは乾の局にお移りになった。

　小栗殿と姫君をものによくよくたとえれば、神なら結ぶの神、仏なら愛染明王《あいぜんみょうおう》、釈迦大悲、天にあれば比翼《ひよく》の鳥、偕老同穴《かいろうどうけつ》の深い契りとも言うべきで、互いに縁浅からぬものがあった。御所では、鞠

小栗は十人の殿原を従えて、横山の屋形の乾の局に入る。小栗と照天は深い契りを結び、七日七夜、管絃などの祝宴が続いた。左の座は女房の楽。照天が琴を奏で、小栗が横笛を吹く。右の座は殿原の楽。大小の鼓を打ち、横笛を吹く。(第五巻)

の遊びや、笛や太鼓で管絃を七日七夜演奏し、今まで思いもよらず、言葉に尽くしがたい祝宴のさまであった。

このことが父横山殿の耳にもれて、五人の公達《きんだち》をお前に召されて、「やあ、なんと嫡子《ちゃくし》の家次よ、乾の主殿造りへ初めての御来客というが、汝は知らないか」と仰せになる。家次はこれをお聞きし、「父上さえ御存知無いことを私が知りましょうか」と申し上げる。横山は大変腹を立てられ、「一門が知らないその中へ無法に入りこんで、婿入りをした大剛の者を、武蔵、相模の七千余騎を召集して小栗を討とう」という相談をする。

家次はこれを承って、烏帽子の先を地に付けて、涙をこぼして申し上げる。「のう、なんと父上、これは譬えではございませんが、鴨は寒に入り水に入る。鶏は寒くなり木にのぼる。人は滅びようとするとき、以前にはないたけだけしい心が生じる。油火は消えようとするとき、以前より光が増すとか申します。

あの小栗という人は、天上界からの降り人の子孫であるので、力は八十五人の力、荒馬乗りの名人ゆえ、それに劣らない十人の殿原たちはさてさて異国の魔王のようです。武蔵、相模の七千余騎を召集して小栗を討とうとなされても、たやすく討つ手立てはありません。是非とも父横山殿様は、なにもお知りにならないということで、婿にお取りになってほしいものです。それはなぜかと言うと、父横山殿様がどこへなりとも御出陣となるその時には、よい弓矢のお味方になるではございませんか、父横山殿」とおいさめなさる。

横山はこれをお聞きになり、「今までは、家次はこの小栗一件を知らないように申したが、もうすっかり許していると見える。お前を見ればまことに腹が立つ。私の前から立ち去れ」との仰せである。

三男の三郎は、父の目の色を見て、「お怒りはもっともです、父上様。私が思いついたことがございます。まず明日になると、婿と舅の御対面といって、乾の局へ使いをお立てなさいませ。大剛の者だから少しも気おくれすることなく、御前に出て参るだろうその時に、肴の一膳が出て、酒を一献二献と三度すすめ、五献が終わってその後に、横山殿の仰せには、いやなに都の御客殿、芸を一つ所望と仰せになるなら、小栗がきっと申すだろうことは、私へご所望の芸とは、弓か鞠か包丁（料理）か、力わざか早わざか、盤の上の碁、将棋、双六《すごろく》等の遊びか、どうぞはやはやご所望くださいと申すでしょう。その時に横山殿の仰せには、いや私はそんな芸は好かなくて、まだ乗り馴らしてもいない、奥の牧から引きだしたばかりの馬を一匹持っておりますが、ただ一馬場（馬場で一通りの騎乗）をとご所望あれば、並の馬かと思って引き寄せ乗るだろうその時に、あの鬼鹿《おにか》毛《げ》がいつもの人秣《ひとまくさ》（人間の秣）をくれると思って食うものなら、太刀も刀も要らないでしょう、父の横山殿」と言った。横山殿はこれをお聞きになり、「見事にしくんだ三男であるよ」と、乾の局に使者が立つ。

小栗はこのことをお聞きになり、「舅殿から御使いをいただかなくても、こちらから参上しようと思っていたのに、御使いをいただき、めでたいことや」と、肌着には青地の錦をお着けになり、紅色の絞り染めの直垂《ひたたれ》に、黄色の狩衣《かりぎぬ》を着て、玉の冠をかぶり、十人の殿原たちをも都風にいかにも立派に支度させて出かけ、幕をつかんで投げあげ、座敷の様子を見ると、一同小栗を丁重に迎え、どういう人物かとじっと見ていた。

小栗は、一段高く上座の左座敷にお座りになる。横山八十三騎の人々も斜めにうち違えて順に千鳥掛けに並ばれた。一献が過ぎ二献が過ぎ、五献が終わってその後に、横山殿の仰せには、「いやなに都のお客殿、芸を一つ」とご所望になる。

小栗はこれをお聞きになり、「私へご所望の芸とは、弓か鞠か包丁か、力わざか早わざか、盤の上の碁、将棋、双六等の遊びか、はやはやご所望なされよ」と仰せになる。

横山はこれをお聞きになり、「いや私はそんな芸は好かなくて、まだ馴らしてもいない、奥の牧から引きだしたばかりの馬一匹を持っておりますが、それでただ一馬場せめてください」とご所望になる。

小栗はこれをお聞きになり、居られた座敷をぱっと立ち、厩に移られる。この度は、異国の魔王、大蛇に綱を付けたものでも、ただ馬というのなら、一馬場は乗ろうとお思いになり、厩の頭《かしら》の左近の尉を御前に呼んで、四十二間《けん》の厩の名馬たちのその中を、「あれか、

無法な小栗のふるまいを不快に思う、照天の父、横山殿と初めて対面する。小栗は十人の殿原を従えて、幕をつかんで投げあげ、臆せず、横山八十三騎の居並ぶ座敷に入っていく。
(第六巻)

これか」とお問いになる。

「いやあれでもない、これでもない」と、屋敷の壕《ほり》を隔てて八町の萱野《かやの》をさして、左近の尉は御供申し上げる。左右の萱原《かやはら》を見ると、あの鬼鹿毛がいつも食い散らした死骨、白骨、黒髪が、ただ算木《さんぎ》（占い用の木片）をばらばらに散らしたようなさまであった。

十人の殿原たちは御覧になり、「のう、なんと小栗殿、これは厩ではなくて人を送る野辺か」と言われる。小栗はお聞きになり、「いやこれは人を送る野辺でもない。上方とは変わって奥方には鬼鹿毛があると聞いている。私が無理に婿入りしたのが咎というわけで、馬の秣に食わせようとする。さてけなげなことだ」と、前方の原野をきっと御覧になる。

かの鬼鹿毛はいつもの人秣を入れてきたと思い、前足を掻き寄せ鼻息荒く立てたさまは、鳴る雷《いかずち》のようであった。

小栗はこの様子をお聞きになり、厩の様子をあらためて御覧になる。方四町（約五百メートル四方）の中に外に出ぬよう籠めておいて堀を掘らせ、山から木を運び出す人夫八十五人ばかりで持つほどの楠の柱を、左右に八本をとうとうとねじ込ませ、間の柱と見えるものは、三人で抱えるほどの栗の木の柱をとうとうとねじ込ませて、根からすっぽりと引き抜かれないようにと、柱を横に連ねて枷《かせ》としてある。鉄《くろがね》の格子を張って貫《ぬき》をさし、四方八つの鎖で駒を繋いださまは、これこそ冥土の道にあると聞こえた無間《むげん》地獄《じごく》の造りというのも、これにはどうして勝ろうか。

小栗はこの様子を御覧になり、愚人は夏の虫同様で、自ら飛んで火に入る。秋の雄鹿は猟師の鹿笛に惹かれて雌鹿と思い近寄り、身を滅ぼすという諺が、今こそ思い知られた。小栗こそ奥の方で、妻ゆえに馬の秣に食われたなどとあるなら、都の聞こえも恥ずかしいと、何の判断もつかず、しばらくわれを忘れた。

十人の殿原たちは御覧になり、「のう、なんと小栗殿、あの馬にお乗りください。あの馬が主の小栗殿を少しでも食おうとするなら、畜生とても許さずに、鬼鹿毛の首を一刀ずつ当て恨みを晴らし、さてその後は横山の侍所に駆け入り、刀の目釘《めくぎ》の続く限り防ぎ戦い、三途《さんず》の大河を敵も味方もにぎやかに手と手を組んで御供するものならば、なんの問題がありましょうか」。私が曳き出そう、われが曳き出そうと、彼らがただ一途に決心したその勢いの前には、どんな天魔鬼神でもこらえるすべは何もない。

小栗はこれをお聞きになり、「あのような大剛の馬は、ただ力わざだけでは乗れない」と、十人の殿原たちを厩の外に押し出して、馬に宣命《せみょう》（事の理）を言いふくめられる。「やあ、なんと鬼鹿毛よ、汝も命あるものならば、耳をそばだてよく聞けよ。世間にある馬というものは、並の厩に繋がれて、人の食べさせる餌を食うて、そうして人に従えば人を尊び、思案もするよ。そうして門外に繋がれて、経念仏をも聴聞して、来世の安楽を大事と心がけるのに、さてもお前は何だ。鬼鹿毛は人秣を食うと聞く上は、それは畜生の中での鬼であるよ。人も生《しょう》あるものだし、汝も生あるものではないか。生あるものが生あるものを食うては、さて後の世を何と心得ているのか、鬼鹿毛よ。それはともかくとして、なんとこの度は勝れた名誉に、一馬場乗せてくれまいか。一馬場乗せるものなら、鬼鹿毛が死んでその後に、黄金の御堂の寺を建て、また鬼鹿毛の姿を真の漆《うるし》で固めて、馬を馬頭観音《ばとうかんのん》として祭ろうではないか、牛が大日如来《だいにちにょらい》の化身であるように。鬼鹿毛どうだ」とお問いになる。

この人は誰とも見知らないが、鬼鹿毛は小栗殿の額《ひたい》に米《よね》という字が三行《みくだり》記され（めでたい異相）、両眼に瞳が四体（重瞳《ちょうどう》。貴人の相）おありになるのを確かに拝んで、前膝をかっぱと折り、両眼から黄色の悲涙をこぼしたのは、人間であったらまるで乗れと言わんばかりである。

小栗はこれを御覧になり、さては乗れという気持ちか、それなら乗ろうと思い、厩の頭の左近の尉を呼んで、「鍵をくれよ」と仰せになる。左近はこれを承り、「のう、なんと小栗殿、この馬というのは昔繋いだまま、いまだに出ることがないので、鍵といっても預かっておりません」と言ったのだった。

小栗はこれをお聞きになり、それなら馬に力のほどを見せてくれようと思い、鉄の格子にすがりつき、「えい、やあ」とお引きになると、錠、肘金《ひじかね》はもげて取れた。閂《かんぬき》を取ってかなたに置き、呪文を唱えられると、馬に癖はなくなった。

左近の尉を御前に呼んで、「鞍と鐙《あぶみ》」と命じられる。左近の尉は「承知いたしてございます」と、他の馬の金覆輪《きんぷくりん》（金で縁を覆い飾ったもの）

の鞍に、手綱二筋より合わせ、身分の高い者が持つ紫竹《しちく》の鞭を添えて差し上げる。

小栗はこれを御覧になって、「このような大剛の馬には金覆輪は合わない」と、当座の曲乗りに、はだか馬に乗って見せようと思い、紫竹の鞭だけをお取りになって、四方八つの鎖を一ところに寄せて、「えい、やあ」と引かれると、鎖もすべてはらりともげた。

これを手綱により合わせて、まん中を駒にはっしと噛ませて、駒を引っ立ててお褒めになる。「わき腹、三頭《さんず》（尻の骨の盛り上がり）に肉《しし》があまって、左右の面顔に肉《しし》もなくて、耳が小さく毛の間に分け入り、八軸の御経（法華経）から二巻を取ってきりきりと巻いて据えたようである。両眼は照る日月の灯明が輝くようだ。鼻孔は千年を経た法螺《ほら》の貝を二つ合わせたようである。たてがみの見事なことよ、日本一の山菅《すげ》を、本を揃えて一鎌刈って谷嵐に一揉み揉ませ、ふわと靡いたようである。胴の骨の様は筑紫弓《つくしゆみ》の上品の一張が、弦を恨んで一反《そ》り反ったようである。尾は三条《みすじ》の滝の水がたぎりにたぎってとうとうと落ちくるようである。後ろ足の股は、唐の琵琶をはらりと落とし、盤の上に二面並べたようである。前足の様は、日本一の鉄に有るべき所に関節を磨いて作り、取り付けたようである。この馬というと、昔繋いでその後は出ることもないので、爪は厚くて蹄《ひづめ》が高い。他の馬が千里を駆けても、この馬においては尽き果てる様子はさらにない」と、このようにお褒めになって、厩から出す鞭を勢いよくしっとと打ち、堀の舟橋をとっくりとっくりとゆっく

堅牢な厩に四方八つの鎖で繋がれていた鬼鹿毛の足下には、人の骨や髪が散乱する。鬼鹿毛を説き伏せると、小栗は鎖を引きちぎり縒り合わせて手綱とし、それを噛ませて引っ立て、馬体を褒め上げる。(第七巻)

り乗り渡し、この馬が進みに進む有様を、ものに例えれば竜が雲を引き連れ、手長猿が梢を伝い、荒鷹が鳥小屋を破って雉に飛びかかるようであった。

八町の萱原をさっと出してはしっとと止め、しっとと出してはさっと止めるが、馬の性質、能力はすばらしい。十人の殿原たちはあまりのうれしさに、五人ずつ立ち分れて、「やあ」と声をあげ褒められた。横山八十三騎の人々も、今こそ小栗の最期を見ようとわれ先に進んだが、「これはこれは」とばかりで物を言う人は一向にない。

三男の三郎はあまりのおもしろさに、十二段の登りはしごを取り出して、主殿の屋根の端に差し掛けて、腰の扇でこれへこれへと、はやし招く。小栗はこの様子を御覧になり、しょせん乗馬した上は、見事乗りこなして見せようと思い、四足を揃え、十二段のはしごをとっくりとっくりと乗り上げ、主殿の屋根の端を走ったり、引き返したりして、上から真っ逆様に乗り下ろす岩石下ろしの鞭の秘伝を示される。

家次はこれを見るより、「四本掛かり」と望まれた。東西南北に立て植えられた鞠の掛かり（蹴鞠場）のその松の木へとっくりとっくりと乗り上げて、真っ逆様に乗り下ろす岨伝《そばづた》いの鞭の秘伝を示される。

障子の上に乗り上げて、骨をも折らず紙をも破らない沼渡しの鞭の秘伝、碁盤の上の四つ足立てなどもとっくりとっくりとお乗りになって、そのほか鞭の秘伝という、輪鼓《りゅうご》、早行《そうこう》、蹴上《けあ》げの鞭、悪竜、

横山殿の思惑に反して、小栗は鬼鹿毛を自在に操り、惜しげもなく、鞭の秘伝、手綱の秘伝を披露する。十人の殿原が見守るなか、小栗を背に、小山のような鬼鹿毛が小さな碁盤の四の脚の上に乗る。（第七巻）

黒竜、せんたん（胸の下毛）、畜類、めのうの鞭。手綱の秘伝といえば、差し合い、浮舟、浦の波、蜻蛉《とんぼう》返り、水車《みずぐるま》、鴫《しぎ》の羽返し、衣被《きぬかず》き。ここぞと思う鞭の秘伝、手綱の秘伝を尽くされたので、名は鬼鹿毛というけれど、勝れた判官殿に胴の骨を強くはさまれて、白泡噛んで立っていた。

小栗殿は、付いていないけれども裾の塵をわざとうち払い、三抱えほどもありそうな桜の古木に馬を繋ぎ、もとの座敷にお着きになる。「のう、なんと横山殿、あのような乗り心地の良い馬があるなら、五匹も十匹も婿への引出物に下されや。朝夕調練し、性質の荒い馬をおとなしくしてさしあげましょう」と言われると、横山八十三騎の人々はどこもおかしいことはないけれども、にが笑いに一度にどっと笑われた。

馬は事態がよく分かり分別がおこったのか、それとも小栗殿の御威勢であろうか、三抱えほどもありそうな桜の古木を根から引き抜いて、堀三丈（九メートル）を飛び越え、武蔵野に駆け出すと、小山が動いたようであった。

横山はこの様を御覧になり、今は都のお客人に手をすって懇請するほかはないと思われ、「のう、なんと都のお客人、あの馬止めて下されや。あの馬が武蔵、相模、両国に駆け入るものなら、人という人はなくなるでしょう」と仰せになる。

小栗はこれをお聞きになり、そのような手にあまる馬を飼わないのが正しいのにと言いたくなるが、それを言えば、だれぞ（主人）

鬼鹿毛が武蔵野に駆け出すと、横山殿は小栗に止めてくれと懇願する。柴繋ぎという、何もない所に馬を留めておく呪文を小栗が唱えると、鬼鹿毛は御前にさっと来て、両膝を折って敬う。（第七巻）

の恥辱になると思い、小高い所に登り、柴繋ぎという、何もない所に馬を止めておく呪文をお唱えになると、雲を霞と駆けるこの馬が、小栗殿の御前に来て、両膝を入折って敬ったのだった。

小栗はこの様子を御覧になり、「汝は豪儀な働きをするよ」と、もとの厩に乗り入れて、錠、肘金をしっかりと下ろされた。さてその後に照天姫を伴って、まっすぐ常陸の国にお戻りになったら、末はめでたかったろうに、また乾の局に移られたのは、小栗の運命が尽きた成り行きであった。

横山八十三騎の人々は、一つ所に集まられて、あの小栗という者を馬で殺そうとしても殺されず、どうしようかこうしようかと思案していたが、三男の三郎が、後の災いは知らずに、「のう、なんと父上横山殿、私が今一つ思いついたことがございます。まず明日になると、昨日の馬のお骨折りを慰めるためといって、蓬莱《ほうらい》の山をかたどった祝儀の飾り台を造り立て、いろいろの毒を集め、毒酒を造り、横山八十三騎の飲む酒は、初めの酒の酔いも醒める不老不死の薬の酒を、小栗十一人に盛る酒は、なんと七附子《ぶす》の毒の酒をお盛りになるものなら、どんな大剛の小栗であっても、毒の酒にはよもや勝つことが出来まい、父上横山殿」と教える。

横山はこれをお聞きになり、「見事にしくんだ三男であるよ」と、乾の局に使者が立つ。小栗殿は一度の使いでは承諾されず、二度の使いには御返事がなかった。それからお使いは六度立つ。七度のお使いには、三男の三郎がお使者である。

小栗はこれを御覧になり、「御出仕はいたすまいとは思ったが、三郎殿のお使いは何よりもって喜ばしい。御出仕いたしましょう」と言われたのが、小栗の運命が尽きた成り行きであった。人は運命が尽きるとて、智恵の鏡もかき曇り、才智や機転の利く花も散り果てる。そうして昔より今に至るまで、親より子より兄弟よりも妹背夫婦のその中こそ、なによりも哀れをとどめたのである。

ああ、いたわしいことに照天の姫は、夫の小栗のところへお越しになって、「のう、なんと小栗殿、今この世の中は、親が子をだませば、子はまた親に反抗する。さて昨日もあの鬼鹿毛にお乗りなされということがあったからは、今度も前もって用心をなさらないでよいのですか、小栗殿。さて明日の蓬莱の山の御見物は、おとどまりくださいませ」。

さらに言葉をかさね、「さて私がおとどまりくだされと言うのに、それをお聞きにならないなら、夢物語を申しましょう。さて私のところに、さて七代伝わった唐の鏡がございますが、さて私の身の上にめでたいことがある時は、表に神体が拝まれて、裏には鶴と亀とが舞い遊ぶ。中では千鳥が酌を取る。また私の身の上に悪いことがある時は、表も裏もかき曇り、裏では汗をおかきになる。このような鏡でございますが、さて先夜のその夢に、天より鷲が舞い降りて、鏡を宙で三つに蹴割り、半分は地獄をさして沈んでゆく。中は微塵と砕けゆく。さて半分残ったのを天に鷲がつかんでゆくという夢を

再度の出仕を思い止まらせようと、照天は小栗に夢語りを始める。第三度の夢では、御重宝の村重籐の弓を鷲が宙で三つに蹴折り、本は地獄へ沈み、中は微塵に折れ、末は上野が原に卒塔婆に立てると見たと語る。（第八巻）

見た。

第二度のその夢には、小栗殿様の、常陸の国よりも常に御重宝なさっている九寸五分の鎧通し（そりの無い幅広の刀）の短刀が、鍔《つば》下のはばき元（鞘から刀身が抜けないように締める金具）からずんと折れて御用に立たなくなると夢に見た。

第三度のその夢は、小栗殿様が常に御重宝なさっている村重籐《むらしげどう》の御弓も、これも鷲が舞い降りて、宙にて三つに蹴折り、先端の本弭《もとはず》（弓の下端）は地獄をさして沈んでゆく。中は微塵と折れてゆく。さて残った末弭《うらはず》（弓の上端）を、小栗殿の御為にと、上野が原に卒塔《そと》婆《ば》に立てるという夢を見た。

さて先夜のその夢に、小栗十一人の殿原たちは、常の衣装を召し替えて、白い浄衣《じょうえ》に様を変え、小栗殿様は葦毛の駒に逆鞍《さかくら》置かせ逆鐙《さかあぶみ》を掛けさせて、後先には御僧たちを千人ばかり供養して、小栗殿の棺のしるしには、幡《はた》、天蓋《てんがい》をなびかせて、北へ北へと行かれるのを、照天あまりの悲しさに、跡をしたって参ろうとしても、此界《しかい》と冥界《めいかい》を隔てる雲で見失ったという夢を見た。

さて夢でさえ、夢でさえ、心が乱れて悲しいのに、万一この夢が合うならば、照天はどうなりましょうか。さて明日の蓬莱の山のご見物の門出に、悪い夢ではありませんか。おとどまりくださいませ」。

小栗はこのことをお聞きになり、女が夢を見たからといって、舅殿の出られよという所へ行かなくてはかなわぬところと思うが、しかし気にはかかると、直垂の裾を結び上げ、夢違えの呪文をこのよ

うに、

から国や園の矢先に鳴く鹿も
ちが夢あれば許されぞする
〈唐国の園で狩の矢先に立った鹿も　前足をやり違えれば殺されず
に済む〉〈夢違え誦文歌〉

と詠じて、小栗殿は肌着には青地の錦をお着けになり、わざと冠を着けないで、十人の殿原たちも都風にいかにも立派に支度させて出かけ、幕をつかんで投げ上げて座敷に入り、初見参と同じ座敷に着かれた。

横山八十三騎の人々も斜めにうち違えて順に千鳥掛けに並ばれた。一献が過ぎ、二献が過ぎ、五献が終わっても、小栗殿は「さて私は、今日は来宮《きのみや》信仰（酒小鳥精進）の日で酒断ち」と、盃のやりとりは一切なさらない。

横山はこの様子を御覧になり、今まで居た座をずんと立ち、あの小栗という男は、馬で殺そうとしても殺されず、また酒で殺そうとすれば、酒を飲まねばどうしようもない。どうしようか、こうしようかと思案されていたが、「今思い出したことがある」と、身のない法螺の貝を一対取り出して碁盤の上にどうと置き、「御覧なさい、小栗殿、武蔵と相模は両輪の如く、二つあいまって成り立つ国であるが、その大事の国を、この双《そう》の貝飲みに見立てて、どちらかを飲み干されたら、半分に分けて一国を差し上げよう。これを酒宴の興として一杯お飲みくだされよ。貴方の今日の来宮信仰、酒断ちは私

さらに照天の夢語りは続く。小栗ら十一人はみな浄衣を着ている。小栗は葦毛馬に逆鞍、逆鐙で乗り、北へ向かう。幡、天蓋が風に靡く。前後に千人の僧。その跡を照天が慕うが、雲に隔てられて見失ったと語る。(第八巻)

が罰をこうむります」と、立って舞を舞われた。

　小栗はこれを御覧になり、舅殿が私に所領を添えて下さるからは、何の支障もあるまいと、一杯をたっぷり飲んで盃を手元に引かれると、盃が小栗の家来にも次第にゆき渡る。横山はこれを御覧になり、好機とばかりに二口銚子《ちょうし》（諸口《もろくち》銚子。注ぎ口が両方にある）を出してくる。中を隔てて別々の酒を入れ、横山八十三騎の飲む酒は初めの酔いが醒める不老不死の酒、小栗十一人に盛る酒は、いやもう七附子の毒の酒のことであるから、「さてこの酒を飲むやいなや、身にしみじみとしみてゆくよ。九万九千の毛筋の穴、四十二双の腰骨や八十双の関節の骨までも、離れてゆけよとしむことよ。早くも天井も大床もひらりくるりと舞うことよ。これは毒ではあるまいか。御覚悟なされよ、小栗殿、君への奉公はこれまで」と、これを最期の言葉にして、後ろの屏風を頼りとして後ろへどうと転ぶものもあり、前へかっぱと伏すものもあり、小栗殿の左右の殿原は、あたかも将棋倒しのように、次々と倒れた。

　いまだもってさすがに小栗殿様は大将と見え、刀の柄に手をかけて、「のう、なんと横山殿、憎いからといって、ひとかどの武士を、太刀や刀は用いないで、押し寄せて追いつめ腹を切らせることもしないで、毒で殺すのか、横山よ、女のような所業をなさるな。私の前に出てこられよ。刺し違えて死のう」と、抜こう斬ろう、立とう組もうとはなさるが、心ばかりは高砂と高ぶり、松の緑と相手の近寄り来るのを待ち、出で合おうと心だけははやるけれど、次第に毒

小栗ら十一人は横山殿に毒酒を盛られる。十人の殿原が将棋倒しのように倒れるなか、小栗はひとり横山と刺し違えて死のうと勇むが、毒がしみて、身体がばらばらになるようだった。(第八巻)

が身にしむので、五輪五体の身体がばらばらに離れて去ってゆき、この世へ通う息（吸う息）は、屋根の棟を伝う小蜘蛛《ささくも》の細い糸を、引き切って捨てたように絶え絶えである。さて冥土へ向かって引く息（吐く息）は、三枚矢羽根の早い矢を射るよりもなお早く思われた。冥土への引く息が強いので、惜しまれるのはその歳の若さ、惜しまれるのはその身の盛り、御歳数えて、小栗は明けて二十一を一生として、朝の露と消えられた。

横山これを御覧になり、今こそ気が晴れたが、かれも名有る武士のことだからと、陰陽道《おんようどう》の博士に問われた。博士が占うことには、「十人の殿原たちは御主君の最期に関わり合い、本来でない死を遂げたことだから、これを身体は火葬になさいませ。小栗一人は名大将のことだから、これを身体は土葬になさいませ」と占ったのは、ふたたび小栗殿が末繁盛する結果になることを占うものであった。

横山はこれをお聞きになり、「それこそ簡単なことだ」と、土葬と火葬というかたちで、野辺の送りを早くし終えられる。

鬼王鬼次兄弟を御前に召されて、「やあ、なんと兄弟よ、人の子を殺しておいてわが子を殺さなければ、都の耳に入るであろうから、不憫《ふびん》とは思うけれども、あの照天の姫の命をも、相模川の河口おりからが淵に、石を付けて沈めて参れ、兄弟よ」との仰せである。

ああ、いたわしいことに兄弟は、何ものを言わないで、宮仕えのつらさは今更何も申すまいよ、われら兄弟、義理の前には、この

陰陽道の博士の占いにしたがって、横山殿は、小栗を土葬に、十人の殿原を火葬にした。僧が弔う前で、小栗の塚が築かれている。それを取り巻くように、十体の死骸を焼く十の炎が燃えている。（第八巻）

頃は身を分けた親ですら、子に背かれる世の中なのだから、それでは沈めにかけようと思い、やすやすと承知する。

照天の局へ行き、「のう、なんと照天様、さて夫の小栗殿、十人の殿原たちは、蓬萊の山の御座敷で殺されましたぞ。貴女様も御覚悟なさいませ、照天様」と言う。

照天はこれをお聞きになり、「なんと申すか、兄弟よ、このような大事な時も時、かまわぬ、近く寄ってものを申せ。さて夫の小栗殿、十人の殿原たちは、蓬萊の山の御座敷で殺されたと申すのか、さても悲しいことや。さて私があの時、どれほど多くのことを申しあげたかしれないのに、とうとうご承知なくて、今この憂き目を見る悲しさよ。私がほんの少しでも知っていたら、蓬萊の山の座敷に参り、夫の小栗殿様の最期にお抜きなされた刀をば、心の臓へ突き立てて、死出三途の大河を手と手を組んで御供いたしたなら、今の憂き目は決してあるまいものを」と、泣いたり悔やんだりなされたが、嘆いても甲斐があるはずもなく、苧環《おだまき》紋の御小袖を一重《かさね》取り出し、「やあ、なんと兄弟よ、これは兄弟にあげよう。恩愛の主の形見と見て、思い出した時々は念仏を申しておくれ。唐の鏡や十二の手廻りの品は山の上の寺に納めて、姫の亡き跡を弔うておくれ。このつらい世に永らえていれば、夫のことが思われ悲しさがいや増す。末期を早めよう」と、自ら牢輿にお乗りになると、乳母たちや下《しも》の水仕《みずし》に至るまで、「われらもお供しよう」「われも御供申そう」と、輿の長柄《ながえ》にすがりつき、皆さめざめと泣きくずれた。

横山殿は鬼王鬼次兄弟に照天を相模川のおりからが淵に沈めよと命じる。照天を乗せた牢輿が相模川に向かう。前駆の兄弟も、輿をかく者も、輿にすがる女房らも一同に悲歎にくれる。（第九巻）

照天はこれをお聞きになり、「道理であるよ、女房たち、隣国他国の者でも慣れ親しめば名残の惜しいもの。ましてや乳母たちのことだから、名残の惜しいのはもっともだ。お前たちの多くの命をくれるより、沖でどぼんと音がするなら、今こそ照天が最期よと、鉦《しょう》鼓《ご》を絶やさず、念仏を申しておくれ。このつらい世に永らえていれば、夫のことが思われ悲しさがいや増す。末期を早めよう」と、急がれると、程もなく相模川にお着きになった。

相模川にも着くと、小船一艘を下ろし、この牢輿をお乗せして、艪《ろ》を押し、舟を漕ぐ。艪の音がからりころりと鳴る音に驚き、沖の鷗がばっと立つ。渚の千鳥は友を呼ぶ。

照天はこれをお聞きになり、「さて千鳥さえ、千鳥でも、恋しい友を呼ぶものを。さて私は誰をたよりにおりからが淵へ急ぐのか」と、泣いてはくどきなされたが、急がれると、程もなくおりからが淵にお着きになった。

おりからが淵にも着くと、かわいそうに兄弟は、ここに沈めようか、あそこに沈めようかと、沈めることがなかなか出来ない様子であった。

兄の鬼王が弟の鬼次を近づけて「やあ、なんと鬼次よ、あの牢輿の内におられる照天の姫の姿を拝見すれば、登る日の光でつぼみをふくらます花のようだ。またわれらの姿を見たならば、入り日に散る花のようだ。さあ命をお助けしてさしあげよう。命を助けた咎として罪科に行われても、仕方のないことだ」。「そのお考えでおられるなら、命を助けてさしあげよう」と、牢輿の前後の沈めの石を切って放し、牢輿ばかりを突き流す。陸にいた人々は、今こそ照天の最期よと、鉦鼓をたたき念仏申し、一度にわっと叫ぶ。その声は、二月十五日の釈迦入滅の御時ではなく、六月半ばのことではあるが、十大御弟子、十六羅漢、鳥類、畜類に至るまで、別れの道に御嘆きになったのも、これにはどうして勝ろうか。

ああ、いたわしいことに照天の姫は、牢輿の内から西に向かって手を合わせ、「観音経の大切な文句、五逆消滅《ごぎゃくしょうめつ》、種々消災《しゅじゅしょうさい》、一切衆《いっさいしゅ》生《じょう》、即身成仏《そくしんじょうぶつ》、どうぞ良い島に私を上げてくださりませ」と、この文をお唱えになると、観音もこれを哀れとお思いになり、風にまかせて行くうちに、ゆきとせが浦に吹き付けられた。

ゆきとせが浦の漁師たちはこれを見て、「どこでお祭り舟を作り流したのかなあ。見てこい」と話す。若い船頭たちは「わかりました」と見回すと、「牢輿に口がない」と言う。太夫《たゆう》（頭《かしら》）たちは聞いて、「口がなければ、うち破ってみよ」と言う。「わかりました」と艪櫂《ろかい》を持ってうち破って見てみると、中には楊柳が風になびくようなたおやかな姫が、たった一人涙ぐんでおられる。太夫たちはこれを見て、「だから言わぬことではない。この頃この浦で漁《りょう》のなかったのは、その女のせいよ。人を惑わす化け物か、または龍神ものか。白状せよ、白状せよ」と、艪櫂を持って打ちすえた。

中でも村の長《おさ》の太夫殿という方は、慈悲第一の人であるので、あ

おりからが淵に輿を沈める寸前、鬼王鬼次兄弟は翻意し、沈めの石を切り落とし、輿だけを突き流す。陸の女房らはそのことを知らず、鉦鼓をたたき念仏し、わっと泣き出す。釈迦入滅時のようであった。(第九巻)

の姫の泣く声をつくづくと聞いて言う。「のう、なんと船頭たち、あの姫の泣く声をつくづくと聞くに、化け物や龍神のものではない。どこかから継母継子の仲の讒言で流された姫と見える。御存知のように私は子のない者だから、末を頼む養子とこの人を頼みたい。私にどうか下され」と、太夫は姫をわが家に伴い、内儀の老婆を近づけて、「やあ、なんと姥《うば》、浜から養子の子を求めて来たから、よく世話をしておくれ」と言う。

姥はこれを聞くやいなや、「のう、なんと太夫殿、ふつう養子の子などというと、山へ行っては木を樵《こ》り、浜へ行っては太夫殿の相《あい》櫓《ろ》を押すような十七八の童こそ、良い後々の養子だと言える。あのような楊柳が風になびくような姫は、六浦《むつら》が浦の商人に、銭一千文か二千文、この値段でなら直に売れる。そうしたら銭を儲けられ、それこそ良い後々のための養子と言えるではないか、太夫どうだ」と言う。

太夫はこれを聞き、あの姥というものは、子があれば良いと言ったり、なければないで良いと勝手を言う。「お前のような無慈悲な姥と連れ添っていて、共に魔道に落ちるより、家財宝は姥の離縁の代償にやろう」と、太夫と姫は諸国修行に行こうとする。

姥はこれを聞くや、太夫を失っては大変と思い、「のう、なんと太夫殿、今のは冗談ですよ。貴方に子もない、私も子のない者のことだから、後々のための養子と頼もうではないか。お戻りなされ、太夫殿」と言う。

ゆきとせが浦の村長の太夫殿は慈悲第一だが、その妻の姥は邪見であった。照天の顔を黒くしようと、浜の塩釜の上にあげて生松葉を燃やすが、千手観音が添っているので照天は少しも煙たくない。（第九巻）

太夫は正直な人なので、この言葉に戻って、自分のなりわいの沖への釣に出かけられた。その間に、太夫に背《そむ》く姥のたくらみは恐ろしい。一体に男というものは、色の黒いものには飽きると聞く。あの姫の顔色を黒くして太夫に飽きさせようと思い、浜路へ伴って、塩焼くかまどの上に追い上げて、生松葉を取り寄せ、その日一日ふすべられた。

ああ、いたわしいことに照天様は、煙が目口に入る様は何にも例えようもない。しかし、なにしろ照る日月の申し子のことだから、千手観音が影身に添ってお立ちくださって、ちっともけむたくなかった。

日も暮れ方になり、姥は「姫降りよ」と見てみると、色の白い花に薄墨を刷毛《はけ》ではいたような、なお一層の美人の姫になっておられた。

姥はこれを見るや、さてさて私は今日一日、無駄骨を折ってしまったことの腹立たしいことや。この上はひたすらに売ってやろうと思い立ち、六浦が浦の商人に銭二千文で直に売ってのけ、銭を儲けて胸のうちの嫉妬の焔《ほのお》は止んだが、太夫への言訳にはったと困りはてる。しかし、そうだ昔のことを今に伝えて聞くことには、七尋《ひろ》の島に八尋の舟を繋ぐという（不可能のことも可能にする）諺もある。これも女人の知恵でかしこく上手に話をしようと、太夫を待っていた。

太夫は釣から帰って、「姫は、姫は」と尋ねられる。姥はこれを

邪見な姥は、六浦の商人に銭二千文で照天を売る。商人は照天を連れて行く。姥はいま商人から受け取ったばかりの銭を入念に数える。照天の行方など気にも留めていない。（第九巻）

聞き、「のう、なんと太夫殿、今朝姫は貴方の後を慕って出かけたが、若い者のことゆえ、海上へ身を入れたのやら、六浦が浦の商人が舟に乗せて行ったやら。年取り、心配も思慕の思いもしないこの姥に、心配させる姫ではある、ねえ太夫や」と、まず姥は空泣きを始めた。

　太夫はこれを聞いて、「のう、なんと姥よ、心から悲しくてこぼれる涙は、九万九千の身の毛の穴が、潤いわたってこぼれる。お前の涙のこぼれようは、六浦が浦の商人に銭一千文か二千文に直に売ってのけて銭儲けし、首から上の、心からでない空涙と見たが、どうして太夫の目が眇《すがめ》（斜視）であろうか、間違いあるまい。お前のような邪見《じゃけん》な人と連れ合って、共に魔道に落ちるより、家財宝は姥の離縁の代償にくれてやる」と、太夫は髪の元結《もとゆい》を切り、西方極楽浄土の方へ投げ、濃い墨染の衣に様を変え、鉦鼓を取って首に掛け、山里に籠もり、後世大事と願われたが、皆の人がこれを見て、村長《むらおさ》の太夫殿を褒めない人は一人もなかった。

　これは太夫殿の御物語、さておいて、ことに哀れであったのは、六浦が浦におられる照天の姫で、ことさら哀れをきわめた。

　ああ、いたわしいことに、照天の姫を六浦が浦で買ったが、そこには留めず、釣竿の島にと買って行く。釣竿の島の商人は値が増すなら売れやといって、鬼が塩谷《しおや》（新潟県岩船郡）に買って行く。鬼が塩谷の商人は値が増すなら売れやといって、岩瀬《いわせ》（富山市神通川河口）、水橋《みずはせ》（富山市常願寺川河口）、六渡寺《ろくどうじ》（富山県射水市庄川河口）、氷見《ひび》（富山県氷見市）の町屋に買って行く。氷見の町屋の商人は能がない、職能がないといって能登の国珠州《すず》の岬に買って行く。

ああ、面白い里の名よ。よしはら、さまたけ、りんこうし、宮の腰（金沢市犀川河口）に買って行く。宮の腰の商人は値が増すなら売れやといって、加賀の国本折《もとおり》小松（石川県小松市）に買って行く。本折小松の商人は値が増すなら売れやといって、越前の国三国湊《みくにみなと》（福井県坂井市三国町）に買って行く。三国湊の商人は値が増すなら売れやといって、敦賀《つるが》の津に買って行く。

敦賀の津の商人が能がない、職能がないといって、海津《かいづ》の浦（滋賀県高島市）に買って行く。海津の浦の商人は値が増すなら売れやといって、上り大津に買って行く。上り大津の商人は値が増すといって売るので、商い物の面白いことに、値の高い方に後先かまわず売るので、美濃の国青墓《おうはか》の宿万屋《よろずや》の君（遊女）の長殿が代金も増えて十三貫（一万三千文）で買い取ったのは、本当に哀れと聞こえた。

君の長は御覧になり、「ああ、うれしいことや。百人の流れの姫（遊女）を持たなくても、あの姫を一人持つなら、君の長夫婦は楽々と日々を過ごすことの出来るうれしさよ」と、一日二日は良いように寵愛なされたが、ある日の雨中のこと、姫をそばに呼んで、「のう、なんと姫、ここのうちでは、出身の国名を呼んで使うので、お前の国をお言い」と言う。

照天はこれをお聞きになり、常陸の者とも言いたい、相模の者と

商人の手から手へ、照天は日本海沿岸を転々と売られていく。
ここは越中国氷見のあたりか。船は順風満帆ながら、照天は
ひとり船べりに寄り掛かり袖で涙をぬぐうばかりであった。
（第九巻）

も申したいが、ただ夫の古里だけでも名につけて、朝な夕べ呼ばれては、夫に添う心でいたいと思われ、こぼれる涙の間より「常陸の者」とおっしゃる。

君の長はお聞きになり、「そうであるなら、今日からお前の名を常陸小萩と付けるから、明日になるならこれからは、鎌倉関東の下り上りの商人の袖を引いて、代わりのお茶の注文を取って、君の長夫婦も楽に暮らさせておくれ」と十二単衣《ひとえ》を渡される。

照天はこれをお聞きになり、さては流れを立てよ（遊女勤めをせよ）と言うのか。今流れを立てるものなら、草葉の蔭におられる夫の小栗殿様がさぞ無念に思われよう。なんとかして流れを立てることはすまいと思い、「のう、なんと長者様、さて私は幼少の時二親《にしん》に先立たれ、善光寺参りに参る途中、道中で人がかどわかし、あちらこちらと売られたが、体内に悪い病がございますので、男の肌にふれたらば必ずその病が起こり、悲しいことに病が重くなるならば、値が下がるのは必定です。値が下がらぬうちに、どこへでもお売りになってください」。

君の長はお聞きになり、二親の親に死に別れ、一人の夫にも死に別れて、賢女を立てる女と見える。どんなに賢女を立てようとも、手きびしいことを彼女に振り当てるなら言うことを聞くだろう。きっと流れを立てさせようと思い、「のう、なんと常陸小萩殿、さて明日になれば、これよりも蝦夷《えぞ》、佐渡、松前に売られて、足の筋を断ち切られ、日に一合の食を食べ、昼は粟の鳥を追い、夜は海に投げ入れられて魚、鮫の餌になるつもりか。それとも十二単衣で身を飾り流れを立てようか、はっきりと選べ、常陸小萩殿」との仰せであった。

照天はこれをお聞きになり、「愚かな長殿のお言葉や。たとえ明日は蝦夷、佐渡、松前に売られても、足の筋を断ち切られ、日に一合の食を食べ、昼は粟の鳥を追い、夜は海に投げ入れられて魚、鮫の餌になろうとも、流れだけはよう立てません、長者様」。

君の長はお聞きになり、「憎いことを申すなあ。のう、なんと常陸小萩よ、さてここのうちではのう、さて百人の流れの姫があるが、その下の水仕はのう、十六人でしている。その十六人の下の水仕をお前一人でするか。それとも十二単衣で身を飾り流れを立てるか、どちらかはっきり選べ、小萩殿」。

照天はこれをお聞きになり、「愚かな長殿のお言葉や。たとえ私に千手観音の御手ほども手があっても、その十六人の水仕の仕事が私一人で出来るものですか。しかしお聞きすれば、それも女人の職と聞く。たとえ十六人の下の水仕の仕事とは申しても、流れだけはよう立てません、長者様」。

君の長はお聞きになり、「憎いことを申すのう。そのつもりなら、下の水仕をさせよ」と言って、十六人の下の水仕を一度に台所から上にあげて、それらの仕事は照天にわたるのであった。

「明日より下りの雑駄《ぞうだ》（荷物を運ぶための馬）が五十匹、上りの雑駄が五十匹、百匹の馬が着いたなら、糠《ぬか》を食わせよ」。「百人の馬子《まご》たちの足の湯（洗足《せんぞく》の湯）と手水《ちょうず》（手と顔を洗う水）を用意せよ」。「飯の用意に十六所の釜の下の、藁の火を消えぬようにせよ」。「十八町（約二キロメートル）向こうの野の中の清水を七桶汲み、お茶をさしあげよ」。

ああ、いたわしいことに姫君は、桶と柄杓《ひしゃく》を肩にかけ、十八町かなたにある清水を汲みにお出でになる。はや清水にも着くと、桶と柄杓をからりと捨て、ざんぶと汲み、汲んだ清水で自分の影を見れば、「南無三宝、やつれ果てたわが姿。夫に離れてからは、髪に櫛を入れたこともないので、おどろ（藪）を乱したようだ。ほかでもない、夫ゆえにこのようになったのだから、恨みとは少しも思わない。念仏一ぺん申してはそれは夫のため、また申しては殿原たちへの回向《えこう》」となされ、泣く泣く長のところへ帰られた。

長はこの様子を御覧になり、なおも心を試みようと、銭七文を取り出し、「どうだ小萩。この銭で、とうなん、せいなん、うごもり、かごもり、かいろう、一じ、さて闇の夜の連れ男、以上を買っておいで。一種でも違えたら、流れを立てなくてはならないと思いなさい」と言った。

かわいそうに照天の姫は、銭を受け取り、口説きごと（嘆きのことば）を言うのは哀れである。「国にいたその時は、ただちに百首の歌を詠み、乳母たちに至るまで、唐名《からな》（別称）を使っていたが、このようになってしまうと、智恵の鏡もかき曇り、もはや唐名も忘れたよ。いや、ちょっと待っておくれ。これは易い唐名だわ」と、一々

美濃国青墓宿の万屋で、照天は流れを立てるのを拒み、下の水仕となる。お茶をいれるため、十八町離れた野中の清水を汲み、桶を頭に載せて帰る。清水の柳蔭にしばし立ちどまる暇もなかったか。（第十巻）

に買い揃え、長殿に奉る。

「これを御覧ください。まず一番にとうなんとは、春の初めのつくづくし（土筆）、せいなんとは、芹のこと。うごもりとは、山の芋、かごもりとは、野老《ところ》（山芋）です。かいろうとは、海老のこと、一じと書いて、一もじ（葱）です。さて闇の夜の連れ男とは、ことのばら（ごまめ）ではありませんか。流れをお許しくださいませ」。

長はなるほどこの姫はわけのある姫と思い、下の水仕としてお使いになる。「百人の流れの姫の足の湯、手水、鬢《びん》の髪をすき整えにおいで、小萩殿」。こちらでは常陸小萩、あそこでも常陸小萩と、方々で召し使うけれども、なにしろ照る日月の申し子のことであるから、千手観音が影身に添うて御立ちあるので、かつての十六人の下の水仕より仕事は早くすませてしまう。

ああ、いたわしいことに照天の姫は、それらも辛いと思わないで、いつも立居振舞いの度に、念仏を申されるので、ほかの遊女は聞いて、「年はもゆかぬ女が後生大事とたしなむので、さああだ名を付けて呼ぼう」と言って、常陸小萩を呼び替えて、念仏小萩と付けられた。

あちらでは常陸小萩、こちらでは念仏小萩と召し使う。賤しい仕事をする縄のたすきがけで、他人の命じるままに働くので、たすきを緩める暇もなく、御髪の黒髪に櫛の歯を入れることなど決してなかった。このような悲しい奉公を三年の間なさったのは、たいそう哀れであった。

照天は十六人分の下の水仕の仕事を課せられたが、千手観音が影身に添うているので、十六人でするよりも仕事は早かった。とはいえ、天秤棒で水桶を担ぐ照天の姿は痛ましい。（第十巻）

これは照天の姫の御物語。さて話は代わって、ことさら哀れであったのは、冥土におられた小栗十一人の殿原たちで、哀れの数々をとどめた。

閻魔大王様は御覧になり、「それこそ言わぬことか。悪人がやって来たわい。あの小栗という男は娑婆《しゃば》（人間世界）にいた時は、善には遠くて悪には近い大悪人の者だから、彼を悪人の行く悪趣《あくしゅ》の修《しゅ》羅《ら》道《どう》へ落とせ。十人の殿原たちは、お主《しゅう》に関わり非業の死を遂げたのだから、彼らをもう一度娑婆に戻してやろう」と仰せになる。

十人の殿原たちはお聞きになり、閻魔大王様の所に来て、「のう、なんと大王様、われら十人の者どもが娑婆に戻っても、本来の望み、横山への報復を遂げることは出来ないこと。あのお主の小栗殿を一人お戻しくださるならば、われらの本望まで共に遂げられるのは確かです。われら十人の者どもは浄土なら浄土へ、悪趣の修羅道なら修羅道へ、罪科に応じてやってください、大王様」と言う。

大王はこれをお聞きになって、「さてさて汝らは主に孝のある者たちや。その願いであるなら、さて後の世のかがみに、十一人共に戻してやろう」と思い、そばの幢上《どうじょう》の二体の人頭のうち、視る目を御前に召されて、「日本に体《からだ》があるか見てまいれ」と仰せになる。「承知いたしました」と、地獄の高山の峰に上がり、にんは杖という杖で虚空をはったと打てば、日本は一目に見える。

閻魔大王様の御前に帰ってきて、「のう、なんと大王様、十人の

閻魔大王は視る目（人頭幢の二体のうち一体）に、小栗ら十一人の遺体が日本にあるか見て来いと命じた。視る目が地獄の高山に上り、にんは杖で虚空を打つと、一目で日本が見渡せた。（第十巻）

閻魔大王は、火葬ゆえ遺体のない十人の殿原を左右に祭って十王とし、土葬ゆえ遺体のある小栗を蘇生させる。御前の浄衣の男が小栗。蘇生後の小栗の処遇を書いた文に閻魔大王が自筆の御判を据える。（第十巻）

殿原たちは御主君に関わり非業の死を遂げたことですから、火葬にしたため体がございません。小栗一人は名大将のことですので土葬にいたし、体がございます、大王様」と申した。

大王はこれをお聞きになり、「さてさて末代までのかがみに、十一人すべてを戻してやろうと思ったが、体がなければどうしようもない。どうして十人の殿原たちを悪趣の修羅道へなど落とそうか。私の左右に侍す脇士《きょうじ》に頼もう」と、五体ずつ両方の脇に十王、十体と祭られて、今でも末世の衆生《しゅじょう》をお守りになっておられる。

「それでは、小栗一人を戻せ」と、閻魔大王様の自筆の御判（御印文）をすえる。「この者を明堂聖《めいどうひじり》の一の弟子、藤沢のお上人《しょうにん》にお渡しします。熊野本宮湯の峰にお入れください。熊野本宮湯の峰にお入れくださるなら、浄土からも薬の湯をきっと上げましょう」と書き、大王様の自筆の御判をすえられた。

にんは杖という杖で虚空をはったとお打ちなさると、ああありがたい御ことに、築いて三年になる小栗塚が四方へ割れてしまい、卒《そ》塔婆《とば》は前にからりと転び、群烏《むらがらす》が一度に笑った。

藤沢のお上人は檀徒《だんと》方に来られていたが、藤沢の上野が原に無縁仏があるようで鳶や烏が笑うかと、立ち寄り御覧になると、まことにいたわしいことに、小栗殿が、髪は白髪で、足手は糸より細く、腹だけは鞠をくくったような姿で、あちらこちらと這い廻っている。

両の手を押し上げて、何か字を書く真似をしている。「がぜにや

上野が原の塚が割れ、卒塔婆が倒れて、小栗が蘇生する。鳶や烏がしきりに鳴く。その声を聞いて、藤沢の上人が立ち寄ると、胸札をかけ、餓鬼のような姿で、「がぜにやまい」と指で文字を書いていた。（第十一巻）

まい」（眼舌耳病）と書かれたのは六根（視覚・聴覚・嗅覚・味覚・触覚・意識）に障害のある人とよむべきであろうか。よくよく見れば、さては昔の小栗である。このことを横山一門に知られては大変と、上人はお思いになり、頭を押さえて髪を剃り、形《なり》が餓鬼に似ていると餓鬼阿弥陀仏《がきあみだぶ》と名付けられた。

上人が胸札を御覧になると、「この者を明堂聖の一の弟子、藤沢のお上人にお渡しします。熊野本宮湯の峰にお入れください。熊野本宮湯の峰にお入れくださるなら、浄土からも薬の湯をきっと上げましょう」とあって、閻魔大王様の自筆の御判がすえられていた。

「ああ、ありがたい御事であるよ」と、お上人も胸札に書き添えをなされた。「この者を一引き引いたら千僧《せんぞう》供養、二引き引いたら万僧《まんぞう》供養」と書き添えて、土車《つちぐるま》を作り、この餓鬼阿弥を乗せて、女綱男綱をしっかりと付け、お上人も車の手縄にすがりつき、「えいさらえい」とお引きになる。

上野が原を引きだして、相模畷《さがみなわて》を引く折は、横山家中の殿原は敵小栗とは知り得ないで、照天のために引けやといって、因果はめぐってその車にすがりつき、五町（約六百メートル）を限って引かれた。

末はどこにと問うならば、九日峠はここであろうか。坂はないけれど酒匂《さかわ》の宿よ。おいその森を「えいさらえい」と引き過ぎて、はやくも小田原に入ると、せはひ小路に下馬《げば》の橋。箱根湯本の地蔵とふし拝み、足柄、箱根はここだろうか。山中村三里、四つの辻。伊

閻魔大王の御判の据えられた胸札を見て、藤沢の上人は土車を作り、餓鬼阿弥を乗せ、女綱男綱を付ける。上人自ら先頭に立ち、「えいさらえい」と手縄を引き、上野が原を発つ。（第十一巻）

豆の三島や浦島や。沼津の三枚橋を「えいさらえい」と引き渡し、流れもしない浮島が原。小鳥さえずる吉原の富士の裾野をまっすぐに上り、はやくも富士川で水垢離《みずごり》とり（水を浴びて身心を清め）、大宮浅間《せんげん》、富士浅間、心しずかに伏し拝み、ものをも言わぬ餓鬼阿弥に「さらばさらば」と暇乞い、藤沢さして下られる。

　施主《せしゅ》が付いて引くほどに、吹上《ふきあげ》六本松はここだろうか。清見が関に上がって南をはるかに眺めれば、三保の松原、田子の入海、袖師《そでし》が浦の一つ松、あれも名所かおもしろや。音にも聞いた清見寺《せいけんじ》、江《え》尻《じり》の細道引き過ぎて、駿河の府中《ふちゅう》に入ると、昔はないが今浅間《いませんげん》、君のお越しはもったいない、蹴上げて通る鞠子《まりこ》の宿《しゅく》。雉がほろろと羽ばたきを打つ、宇津《うつ》の谷《や》峠を引き過ぎて、岡部畷をまっすぐに上り、松にからまる藤枝の、四方に海はないけれど島田の宿を「えいさらえい」と引き過ぎて、七瀬《ななせ》流れて八瀬《やせ》落ちて、夜の間に変わる大井川。鐘をふもとに菊川の、月さしのぼす佐夜《さよ》の中山《なかやま》、日坂《にっさか》峠を引き過ぎて、雨を降り流すと路次はぬかるみ、土車に今日は情けを掛けない掛川《かけがわ》を「えいさらえい」と引き過ぎて、高い見付《みつけ》の郷《ごう》に着く。

　あの餓鬼阿弥の明日の命は知らないが、今日は池田の宿に着く。昔はないが今切《いまきれ》の両浦眺める潮見《しおみ》坂、吉田の今橋引き過ぎて、五井のこた橋はこれと言う。夜はほのぼのと赤坂の、糸繰りかけて矢矧《やはぎ》の宿。三河にかけた八橋のように蜘蛛手《くもで》に種々物を思うのだろう。沢辺に匂う杜若《かきつばた》。花は咲かないが、実は鳴海《なるみ》。頭護《とうご》の地蔵と伏し拝み、一夜の宿を取りかねて、まだ夜は深い星が崎。熱田の宮に車着く。

車を引く施主はここを見て、これほど涼しいお宮をだれが熱田と名付けたのか。熱田大明神引き過ぎて、坂はないけれど有頭坂《うとうさか》、新しいけれど古渡《ふるわたり》。緑の苗を引き植えた田が続く黒田の名を聞けば、常に豊作が期待され頼もしい宿だ。杭瀬川《くんぜがわ》の川風が身につめたくしむことよ。さて小熊《おぐま》河原の宿を引き過ぎて、急がれると程なく、土車を誰が引くともなく功徳のための車ゆえ、美濃の国青墓の宿、万屋の君の長殿の門にいたり、なんの因果の御縁であろうか、そこに車が三日顧みられず捨ておかれた。

ああ、いたわしことに照天の姫は、御茶の清水を汲みに出られたが、この餓鬼阿弥を御覧になり、口説かれることは哀れである。「夫の小栗殿様があのような姿をなされていても、この世にさえおられたなら、これほど私が辛苦を経ようとも、辛苦とは思わないだろうに」と立ち寄り、胸札を御覧になる。

「この者を一引き引いたら千僧供養、二引き引いたら万僧供養」と書いてある。ああ一日の車道を夫の小栗の御為にも引きたや。さてまた一日の車道を十人の殿原達の御為にも引きたや。二日引いた車道を必ず一日で戻れるから、三日の暇《ひま》が欲しいなあ。長のご機嫌を見はからい、お暇をお願いしようと思い、君の長のところへ参ったが、本当にまあ私は昔御奉公を始めた時、夫がないと申したのに、今夫の御為と申そうなら暇を貰うことなど出来ないと思われ、この世に存命の二親の親の為とみせかけて、暇を乞おうと思い立ち、ま

土車は青墓宿の万屋の前に運ばれると、そこに放置された。
照天は夫の小栗と気づかないまま、胸札に「一引き引いたら千僧供養、二引き引いたら万僧供養」と書いてあるのを見て、土車を引こうと決心する。（第十二巻）

た長殿のところに参って、「申し長者様、門《かど》におられる餓鬼阿弥の胸札をまあ見ましたら、この者を一引き引いたら千僧供養、二引き引いたら万僧供養と書いてある。さて一日の車道を父の御為にも引きたや。さてまた一日の車道を母の御為に引きたや。二日引いた車道を必ず一日で戻るから、情に三日の暇を下さいませ」。

君の長はお聞きになり、「さてさて汝は憎いことを申すことよ。昔流れを立てろと言うた折に、流れを立てるものなら、三日のことは言うまでもなく、十日であっても暇をとらせようが、たとえ烏の頭が白くなり、駒に角が生えるようなあり得ないことが起こっても、暇を取らせることはならぬぞ、常陸小萩」と言う。

照天はこれをお聞きになり、「のう、なんと長殿様、これはたとえではありませんが、費長房《ひちょうぼう》、丁令威《ていれいい》などの仙人は鶴の羽交《はがい》に宿をめされる。達磨尊者《だるまそんじゃ》のいにしえは蘆の葉に宿をめされる。仙人張《ちょう》博望《はくぼう》のいにしえは浮木に宿をめされるとか。旅は心、世は情。さて廻船は浦につなぐ。捨子は村のはぐくみよ。木があれば鳥も棲む。港があれば舟も入る。一時雨《しぐれ》一村雨《むらさめ》の雨宿り、これも百生の縁とか。三日の暇を下さるなら、万一後に君の長夫婦の身の上に、大事が出来たその折は、ひき代わって私が身代わりになりと立ちましょうから、どうか情に三日の暇を下さいませ」。

君の長はお聞きになり、「さてさて汝はやさしいことを申すことよ。暇を取らせまいと思ったが、万一後に君の長夫婦の身の上に、大事が出来たその折は、ひき代わって私が身代わりになりと立ちましょうと言った一言の言葉によって、慈悲に情けを添えて五日の暇を取らせるぞ。五日が六日になろうものならば、二親の親をもきっと無間阿鼻《あび》地獄（八熱地獄の最下層）に落すぞ。車を引け」と仰せになった。

照天はこのことをお聞きになり、あまりのことの嬉しさに、はだしで走り出て、車の手縄にすがりつき、「一引き引いては千僧供養、夫の小栗の御為である。二引き引いては万僧供養、これは十人の殿原達の御為」と、よく霊を弔われる。そうそう、私は姿格好と顔立ちが良いと聞くので、町や宿や関々で浮いた噂を受けてはいけないと、また長の家に駆け戻って、古い烏帽子を乞い受けて、裂き布の端を髪に結び付け、自分の丈と同じ長い黒髪をさっと乱して、顔には油煙で出来た墨をぬられる。

さて着ておられる小袖の裾を肩に上げ、笹の葉に幣《しで》を付け、心は物に狂ってはいないが、姿を狂気の体に見せて、「引けよ引けよ、子供ども。物に狂って見せよう」と、

姫の涙は垂井《たるい》の宿。美濃と近江の境にある長競《たけくらべ》、二本杉、寝物語の里を引き過ぎて、高宮河原に鳴く雲雀《ひばり》。姫を問うのかやさしいことよ。御代は治まる武佐《むさ》の宿。鏡の宿に車が着く。

照天このことをお聞きになり、人は鏡と言うなら言え、姫の心の鏡は当座はあれと言いこれと言い、あの餓鬼阿弥ゆえに心の闇がかき曇り、鏡の宿をもここが宿場と見分けもつかず、いつの間にか過ぎ、板が足らないのか、あはらの宿、月が漏れるのも道理である。

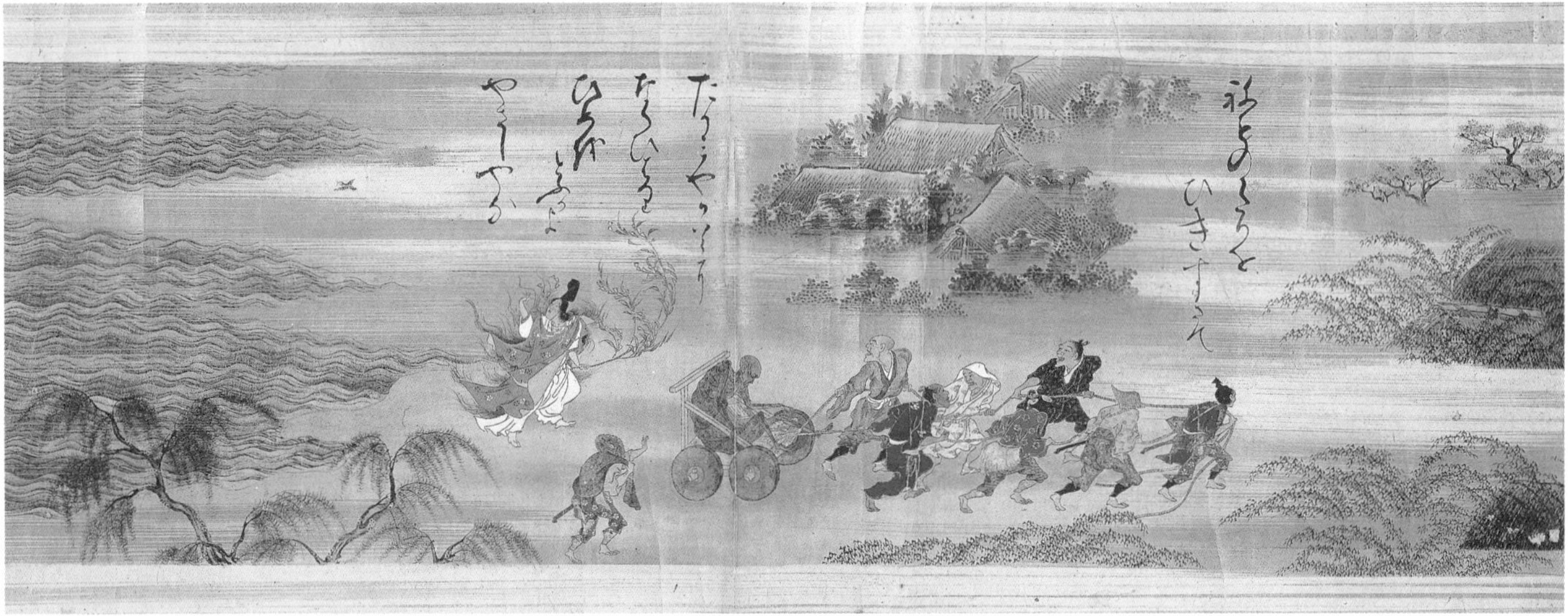

美濃国から近江国に土車は入る。老若男女が二本の綱を引く。土車の背後では、照天が狂気の体に見せかけて舞い狂う。古い烏帽子をかぶり、油煙の墨を顔に塗り、笹を手にもつ。背景は琵琶湖の波か。（第十二巻）

近江の国に聞こえた、中原をはや過ぎて、野洲《やす》の市場を引くと、はや野洲川を引き渡る。これほど速い大河を、どうして高安川と名づけたのか。雨は降らないけれど、守山の里をも早く引き過ぎる。草の間を分けゆけば、朝露が裾に浮くはずだが、そういうこともなく草津の宿も過ぎ、野路《のじ》の篠原《しのはら》を引き過ぎて、三国一の瀬田の唐橋を「えいさらえい」と引き渡し、石山寺の夜の鐘、耳に高く聞こえて奇特でありがたい。大津馬場、松本を引き過ぎて、急がれると程なく、西近江にかくれない上り大津や関寺や、玉屋の門に車は着いた。

照天はこれを御覧になり、あの餓鬼阿弥に添い馴れたいが、それも今夜ばかりと思われて、別屋に宿は取るまいと、この餓鬼阿弥の車の轍《わだち》のすぐ傍を枕にして、明け方に鳴く八声の鶏ではないが、夜もすがら泣いて夜を明かした。

五更（午前四時前後の二時間）の天も開けると、玉屋殿に行き、料紙と硯を借り、この餓鬼阿弥の胸札に書き添えをなさった。「海道七か国に車を引いた人は多くいるが、美濃の国青墓の宿、万屋の君の長殿の下水仕、常陸小萩という姫、さて青墓の宿から上り大津や関寺まで車を引いてさしあげた。熊野本宮湯の峰の温泉にお入りになり、病本復するならば、必ず帰りには一夜の宿をご用意いたします。必ず必ず」と書かれた。

なんの因果の御縁であろうか、蓬萊の山のお座敷で夫の小栗に離れた時も、この餓鬼阿弥と別れるのも、いずれも思いは同じもの、ああ私の身が二つあればよいのに。さてその一つのその身は、君の長殿に戻したいもの。さてまたいま一つのその身は、その身は、この餓鬼阿弥の車を引いてあげたいもの。心は二つ身は一つ。見送り、佇んでいたが、引き返し、急がれると、程もなく君の長殿のもとにお戻りになったのは、哀れの極みと思われた。

車を引いて供養をしてくれる人々が出てきたので、上り大津を引き出す。関寺を引き過ぎて、人は追わないけれど追分《おいわけ》の、山科で聞こえた、四の宮河原、十禅寺《じゅうぜんじ》。朝日は出ないが、日の岡峠を引き過ぎて、「えいさらいえい」と引く。物憂い旅に粟田口《あわたぐち》、都の城《じょう》に車着く。急ぐほどに、七条朱雀の権現堂を伏し拝み、東寺、西寺や四つの塚。鳥羽に恋塚、秋の山。「えいさらえい」と引くうちに、木《こ》幡川《はたがわ》を引き渡り、久我の畷はこれか。急ぐほどに、淀の橋を引き渡し、泣いて渡るか、きつね川。月の宿りはしないけれど、桂の川を「えいさらえい」と引き渡し、山崎千軒引き過ぎて、これほど狭いこの宿をだれが広瀬と名付けたのか。ちり掻き流す芥川《あくたがわ》。太田の宿を「えいさらえい」と引き過ぎて、中島や三宝寺《さんぼうじ》の渡りを引き渡し、お急ぎになると程もなく、天王寺に車が着く。「ここの七不思議の有様を拝ませてやりたいが、耳も聞こえず目も見えずまして物をも言えないので、帰りに静かに拝めよ」と阿倍野《あべの》五十町引き過ぎて、住吉四社の大明神、堺の浜に車着く。松は植えないが小松原、わたなべ、南部《みなべ》引き過ぎて、四十八坂、長井坂、糸我峠《いとがとうげ》や蕪坂《かぶらさか》、鹿瀬《ししがせ》を引き過ぎ、心を尽くすのは仏坂《ほとけさか》。こんか坂に車着く。

こんか坂に着くと、これから先は湯の峰へは車道では険しいので、ここで餓鬼阿弥を乗せた車は捨てておかれた。ところへ、大峰入りの山伏達が百人ばかりさんざめいて通る。この餓鬼阿弥を御覧になり、「いざ、この者を熊野本宮湯の峰に入れてとらせよう」と、車を捨てて、籠を組んでこの餓鬼阿弥をお入れし、若先達《わかせんだつ》が背中にむずと負う。上野が原を発ってから日数が積り、数えると、四百四十四か日という時に、熊野本宮湯の峰の湯にお入りになった。

なにしろ愛洲薬《あいすやく》（金瘡の薬）の湯のことなので、七日お入りになると両目が明き、十四日お入りになると耳が聞こえ、二十一日お入りになると、はや、ものを言い、ついに四十九日めには、六尺二分の頑強な、元の小栗殿に戻られた。

小栗殿は夢から覚めた心持ちで、熊野三山を巡り、本宮、新宮、那智と参詣された。熊野権現《くまのごんげん》はこの様子を御覧になって、「あのような大剛の者に金剛杖《こんごうづえ》を買わせなければ、末世の衆生に、買う者などおるまい」と、山人に姿を変えて、金剛杖を二本お持ちになり、「のう、なんと修行者、熊野へ参詣したしるしには、何としましょう、この金剛杖をお買いなさい」と仰せになる。

小栗殿はかつての誇りを失わず、「さて私は海道七か国を、さて餓鬼阿弥と呼ばれて、車に乗って引かれたことさえ、ひどく無念だと思っているのに、金剛杖を買えとは、また足を悪くしようと呪うのか」と言われる。

権現はこれをお聞きになり、「いや、そうではございません。こ

二七日のついてあさた
まやうんつわつ

80

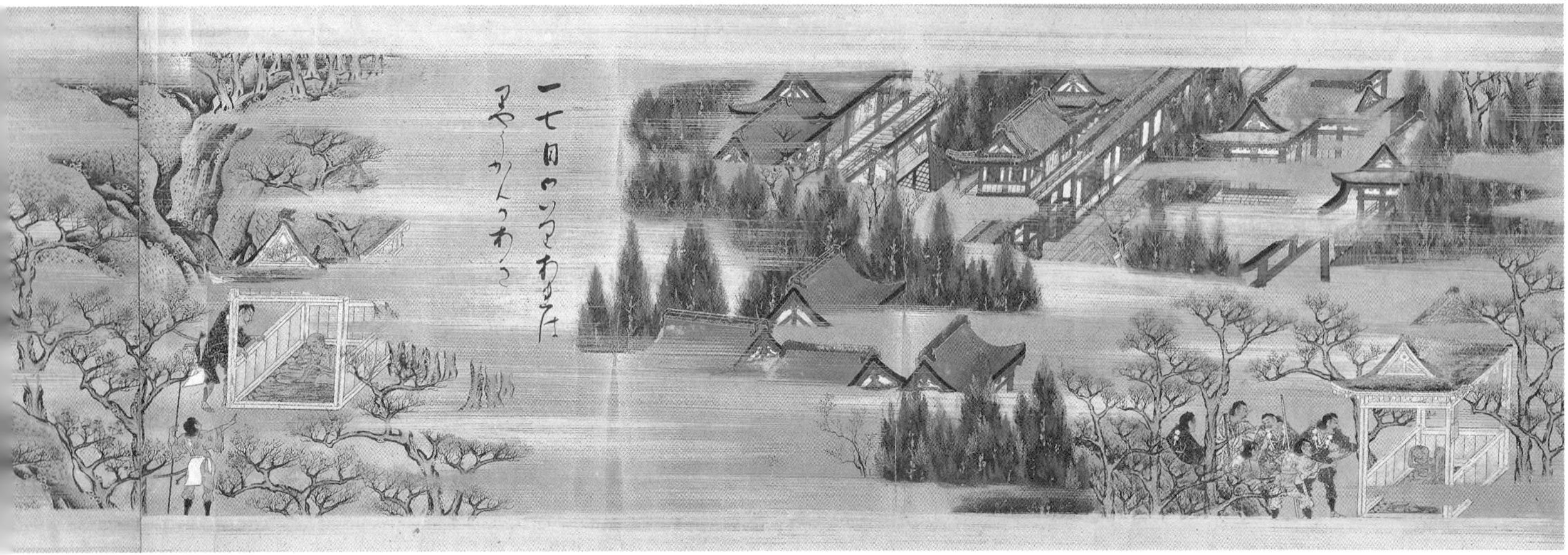

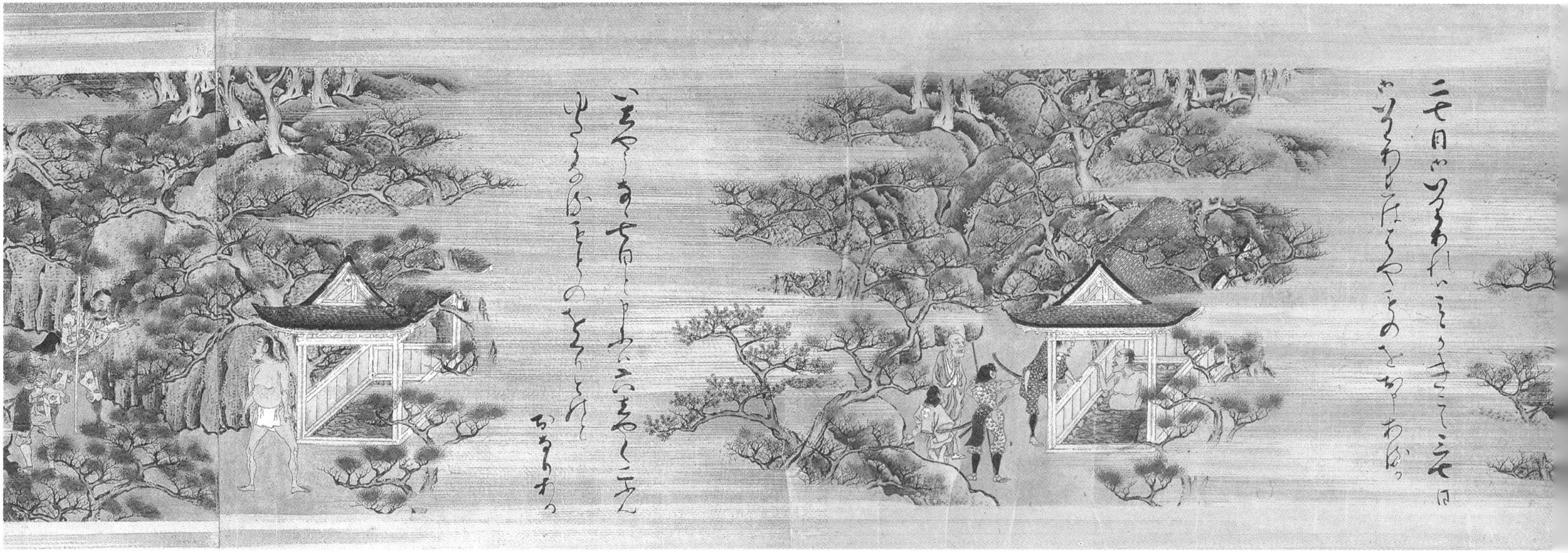

熊野参詣路の途中、こんか坂で土車は捨てられ、そこからは大峰入りの山伏が餓鬼阿弥を籠に入れて背負った。湯の峰に入ると、愛洲薬の湯が効き、小栗は眼、耳、舌と次第に回復し、四十九日で全快する。（第十三巻）

の金剛杖というのは、あなたが天下に出たその折に、弓とも盾ともなって、天下の運を開く杖なので、銭がなければ、そのままお取りください」と言い、小栗に二本の杖をお渡しになる。「一本の杖をひなん川に捨てるなら、船となるぞ。いま一本の杖は帆柱となって、浄土の船と名を付けるぞ。この船に乗るなら、自分の意のままに、行きたい所へ行けるぞ」と言うと、ふっと姿をお消しになった。

小栗はこの様子を御覧になって、「誰だ、この山人はと思っていたが、権現様を拝むことのうれしさよ」と思い、熊野の三所を伏し拝み、二本の杖を頂いて、麓を指してお下向になる。

教えにしたがい、一本をひなん川へお流しになると、浄土の船となって浮かび上がる。もう一本を帆柱に立ててお乗りになると、まことに権現様の御計らいか、漕ぎ手も押し手もいないのに、程なく都へお下向になった。

よそながら、父兼家殿の屋形を見て通ろうと思い、御門の内に入り、「斎料《ときりょう》」とお乞いになる。時の番人は、左近の尉が勤めていた。左近はこれを見るやいなや、「のう、なんと修行者、おまえのような修行者が、この御門の内へ入ることは許されない。すぐに出ていけ。すぐに出ないなら、この左近の尉が追い出そう」と、手に持つ箒で打って出す。

小栗はこれを御覧になって、憎いぞ、左近が打つことよ、とはいえ、打つのも道理、知らないのも道理と思い、八ちょうの原を指して出て行かれた。

折しも、東山の伯父の御坊が、屋形の持仏堂の縁側で行道《ぎょうどう》をなさっていた。今の修行者を御覧になって、兼家殿の御台所を近づけて、「なんと御台所、われら一門にのみ、額に米という字が三行すわり、両眼に瞳が四体あるかと思っていたが、今の修行者にもございました。ことに今日は小栗の命日ではございませんか。呼び戻し、斎料を差し上げよ、左近の尉」との仰せである。

左近は、「仰せ、承知いたしました」と、さっと走り出て、「のう、なんと修行者、お戻りください。斎料を差し上げましょう」と言った。小栗殿はかつての誇りを失わず、「さて私は、一度追い出された所へは二度と参らないと決めている」と言われた。

左近はこれを聞いて、「のう、なんと修行者、あなたのように諸国修行をなさるのも、ひとつは人を助けよう、そしてその善根ゆえご自身も助かりたいということではございませんか。今あなたがお戻りにならなければ、この左近は自害せねばなりません。お戻りになって、斎料も受け取り、この左近の命も助けてくださいませ、修行者」と言う。

小栗はこれを聞き、名乗ろうとお思いになり、大広庭にさしかかり、庭と座敷の間の障子をさっと開け、深々と八分まで下げる頭をべったりと地に着けて、「のう、なんと母上様、昔の小栗でございますよ。三年間の勘当をお許しくださいませ」。母の御台所はことのほかお喜びになり、このことを兼家殿にこれこれと語られた。

兼家はこれをお聞きになり、「軽はずみなことをおっしゃる、御台所よ。わが子の小栗は、都を離れ、相模の国、横山の館で毒の酒で責め殺されたと聞いているが。それはそうと、修行者よ、わが子の小栗というのなら、幼い頃から教えてきた兵法がある。失礼ながら、受けてみられよ」と、五人張りの弓に十三束《そく》の矢を番い、矢尻の二又を拳に引っかけ、間《あい》の障子の向うから、引き絞ってふっと放つ矢を、一の矢をば右手で取り、二の矢をば左手で取り、三の矢があまりに間近く来るので、前歯でがしりと噛み止めて、三筋の矢をおし握り、間の障子をさっと開け、深々と八分まで下げる頭をべったりと地に着けて、「のう、なんと父の兼家殿、昔の小栗でございます。三年間の勘当をお許しくださいませ」。

兼家殿も母上も、一度死んだわが子にのう、会うなどとは、三千年に一度、優曇華《うどんげ》の花が咲き、仏が世に現れるようなもの、めったにないことと、ほとんど例のないことと、喜びの中にものう、花のような牛車を五両飾り立てて、親子連れ添い、御門《みかど》の当番にご出仕になった。

御門は叡覧になって、「誰といおうが、小栗ほどの大剛の者はおるまい。それでは、所領を与えて取らせよう」と、五畿内五か国を子孫永代に贈ると書いた薄墨《うすずみ》紙の御綸旨《ごりんじ》に花押《かおう》を下された。小栗はこれを御覧になって、「五畿内五か国に望みはございません。美濃の国に換えてくださいませ」と申し上げた。

御門は御覧になって、「大国を小国に換えてほしいと望むからには、

小栗は帰京し、二条の屋形で「昔の小栗」と名のるが、父の兼家は信じられない。幼い頃から教えてきた兵法の腕を試そうと、障子越しに三本の矢を射る。小栗は左右の手と前歯でそれを受け止めた。（第十四巻）

相応の理由があるのだろう。そういうことなら、美濃国を馬を飼う費用をまかなう地として取らせる」と、重ねて花押を下された。

小栗はこれを御覧になって、「ああ、ありがたい御事よ」と、山海の珍物に国土の果物を調えて、お喜びは限りなかった。

「昔の小栗に奉公いたす者がいれば、所領を与えよう」と、高札《たかふだ》を書いてお立てになると、「われも昔の小栗殿に奉公いたそう」「判官殿の手の者ぞ」と、丸三日のうちに三千余騎となったと聞こえた。

三千余騎を召集して、美濃の国へ所知《しょち》入り（所領を得てはじめてその領地に入ること）と触れが出る。三日目の宿札《やどふだ》は、青墓の宿の君の長殿の宿所に立てられた。君の長は御覧になって、百人の流れの姫をひとところに寄せ集めて、「いかに、流れの姫に申します。この所へ都から所知入りということなので、参り、旅の憂さをお慰めして、どのような所領でもいただいて、われら君の長夫婦も手厚く世話をしてください」と言う。姫たちは十二単衣で身を飾り、今よ今よとお待ちになる。

三日目に、犬の鈴、鷹の鈴、轡《くつわ》の音がざざめいて、上下一同、華やかに、悠々と行列が進み、君の長殿の宿所にご到着になる。百人の流れの姫は、われがちに参り、旅の憂さを慰めてさしあげるが、小栗殿は少しもお気持ちがはずまない。君の長夫婦を御前に召され、「やあ、なんと夫婦の者どもよ、この内の下の水仕に、常陸小萩という者があるか。お酌に立てよ」との仰せである。

君の長は、「承知いたしました」と、常陸小萩のところへ行き、「のう、なんと常陸小萩殿、お前の容貌の美しさが都に住む国司様へも洩れ聞こえ、お酌に立てとの仰せなので、お酌に参りなさい」と言われる。

照天はこれをお聞きになり、「愚かな長殿のお言葉や。今お酌に参るくらいなら、ずっと前に流れを立てていたでしょう」と申し上げる。

君の長はお聞きになり、「のう、なんと常陸小萩殿、さてもお前は嬉しいことと悲しいことはすぐに忘れてしまうのですね。昔、餓鬼阿弥という者の車を引くその折に、暇を取らせまいと言ったとき、万一後に君の長夫婦の身の上に大事が出来たその折は、ひき代わって私が身代わりになりと立ちましょうと、お前の言った一言の言葉によって、慈悲に情を添えて五日の暇を取らせたが、今お前がお酌に参らなければ、われら君の長夫婦は殺されてしまう。いかようにも、取り計らえ、常陸小萩」と言われた。

照天はこれをお聞きになり、一言の道理に詰められて、何とももものをおっしゃらない。そうそうまことに、私が昔車を引いたのも、夫の小栗の御為であった。今お酌に参るのも、夫の小栗の御為である。深くお恨みなさいますな。心変わりがあればともかく、心変わりはないのだからと、心の内にお思いになり、「のう、なんと長殿さま、そういうことでございましたら、お酌に参りましょう」とおっしゃる。

君の長はお聞きになり、「なんと嬉しいことよ。それなら、十二単衣で身を飾れ」と言う。

照天はこれをお聞きになり、「愚かな長殿のお言葉や。流れの姫というなら、十二単衣もいるだろうが、下の水仕というからには、今の、そのままの姿で参りましょう」と、襷《たすき》がけの風体で、前垂《まえだ》れを付けたまま銚子を持って、お酌に立たれた。

小栗はこの様子を御覧になって、「常陸小萩とは、あなたのことでございますか。常陸の国では誰の御子か。お名乗りください、小萩殿」。

照天はこれをお聞きになり、「さて私は、主人の命令でお酌には参りましたが、もとより御所様に自分の過去を打ち明けに参ったわけではない。酌が厭なら、後にいたしましょうか」と、銚子を捨てて下がろうとする。

小栗はこの様子を御覧になって、「なるほど道理よ、小萩殿、人の先祖を聞く折は、わが先祖を語るもの。さてこういう私を、どのような者とお思いですか。さてこういう私は、常陸の国の小栗という者だが、相模の国の横山殿の一人姫、照天の姫に恋をして、無理に婿入りしたのが咎というわけで、毒の酒で責め殺されたが、十人の殿原たちの情により、黄泉路《よみじ》から蘇《よみがえ》り、さて餓鬼阿弥と呼ばれて、海道七か国を車に乗って引かれたその折に、『海道七か国に車を引いた人は多くいるが、美濃の国青墓の宿、万屋の君の長殿の下水仕、常陸小萩という姫、さて青墓の宿から上り大津や関寺まで、車を引

小栗は美濃国に所知入りし、胸札の書き添えをたよりに、青墓宿の万屋で常陸小萩（照天）を呼び出す。下の水仕の姿のまま酌に立った照天は国司が小栗だと気づかない。出自を聞かれて腹を立て、銚子を捨てて退こうとする。（第十四巻）

いてさしあげた。熊野本宮湯の峰の温泉にお入りになり、病本復するならば、必ず帰りには一夜の宿をご用意いたします。必ず必ず』と書かれたよ。胸の木札はこれだ」と、照天の姫に差し出して、「この御報恩の御為に、これまでお礼に参ったのですよ。常陸の国では誰の御子か。お名乗りください、小萩殿」。

照天はこれをお聞きになり、何ともものは言わず、涙にむせていらっしゃる。「いつまで、物事を包み隠しましょうか。さてこういう私も、常陸の者とは申しましたが、常陸の者ではございません。相模の国の横山殿の一人姫、照天の姫でございます。人の子を殺して、わが子を殺さなければ、都の聞こえもあるからと思い、わが父は、鬼王鬼次、さて彼ら兄弟の者どもに沈めにかけよと命じられたが、さて兄弟の情によって助けられた。その後、あちらこちらと売られて、余りのことの悲しさに、心静かに数えてみると、四十五人の手に売られていた。この長殿に買い取られ、昔、流れを立てないのが咎というわけで、十六人でする下の水仕を私一人でいたしました。あなたにお会いできて、嬉しいことよ」と言いつつ、あれこれ考えをめぐらすが、茫然とするばかりで、どうすればよいのか、一向にわからない。

小栗もこれをお聞きになり、君の長夫婦を御前に召され、「やあ、なんと夫婦の者どもよ、人をこき使うのにも程があろう。十六人分の下の水仕が、一人で出来るものか。お前らのような無慈悲で残酷な者は殺してやる」との仰せである。

照天はこれをお聞きになり、「のう、なんと小栗殿、あのような慈悲第一の長殿に、どんな所領でも与えてくださいませ。それはなぜかと言うと、あなたが昔、餓鬼阿弥と呼ばれていたとき、車を引いたその折に、三日の暇をお願いしたところ、慈悲に情を添えて、五日の暇を下さった、慈悲第一の長殿に、どんな所領でも与えてくださいませ、夫の小栗殿」とおっしゃる。

小栗はこれをお聞きになり、「そういうことなら、御恩を受けた妻に免じて許そう」と、美濃の国十八郡をすべて治める、総政所《そうまんどころ》を君の長殿に下された。君の長は聞いて、「ああ、ありがたい御事や」と、山海の珍物に国土の果物を調えて、喜ぶことは限りなかった。君の長は、百人の流れの姫のその中から三十二人をえりすぐり、玉の輿に乗せて、「これは照天の姫の女房たち」と、差し上げた。それ、女人という者は、氏がなくても玉の輿に乗る、とはこうした譬えである。

常陸の国に所知入りをなさり、七千余騎を召集して、横山攻めと触れが出る。横山は「あっ」と肝をつぶし、「昔の小栗が蘇って、横山攻めというが、それなら城郭を構えよ」と、空堀《からほり》に水を入れ、逆茂木《さかもぎ》（敵の侵入に備え棘のある枝を立てて並べた柵）を引き並べて、厳戒態勢で待ち受けていた。

照天はこのことをお聞きになり、夫の小栗のもとに参られて、「のう、なんと小栗殿、昔から伝え聞くにつけ、父の御恩に報いなければ七逆罪《しちぎゃくざい》、母の御恩に報いなければ五逆罪、あわせて十二逆罪を得ただけでも悲しいと思うのに、今私が世に出たからといって、父に弓は引けませぬ、小栗殿。さて明日の横山攻めをおやめください。それがそうもいかず、厭と言うなら、横山攻めの門出に、さて私を殺害し、それから後に横山攻めをなさるがよい」。

小栗はこれをお聞きになり、「そういうことなら、御恩を受けた妻に免じて許そう」との仰せである。照天はたいそうお喜びになり、「そういうことなら、夫婦の間柄とはいえ、あなたのお怒りを治めましょう」と、内々の事情を細かく書いて横山殿に送られた。

横山はこれを御覧になり、さっと広げて拝見する。「昔から今に至るまで、あらゆる宝、どれほど多くの宝よりも、わが子にまさる宝はないと、今こそ思い知られた。今は何を惜しむことがあろうか」と、駄馬《だば》十頭で運ぶ程の黄金に鬼鹿毛の馬を添えて進上する。これも元はといえば、三男の三郎の仕業だと、三郎を縄でぐるぐるに縛り、小栗殿に差し出した。

小栗殿はこれを御覧になって、「恩は恩、仇は仇で報いよう」との仰せである。駄馬十頭分の黄金は、私欲を満たすためには不要と言い、後に鬼鹿毛が死んだ折、黄金の御堂の寺を建て、また鬼鹿毛の姿を真の漆で固めて、馬を馬頭観音としてお祭りになった。牛を大日如来の化身とお祭りになるように。

さて、これも元はといえば、三男の三郎の仕業だと、三郎を荒簀に巻いて、西の海の底に沈めた。舌先三寸を操ったばかりで、五尺

鬼鹿毛が死ぬと、横山の屋形で初めて対面した時の約束を忘れず、小栗は黄金の御堂を立て、鬼鹿毛の姿を漆で固めて馬頭観音と祭った。（第十五巻）

小栗はゆきとせが浦に渡り、最初に照天を商人に売った邪見な姥を肩まで地中に埋め、竹の鋸で首を引かせる。他方、慈悲深い夫の太夫殿には所領を与えた。（第十五巻）

もの自分の命を失うことを悟らなかった愚かさよ。

それから、ゆきとせが浦に渡られる。はじめに姫を売った姥を、肩から下を地中に掘り埋め、竹の鋸《のこぎり》で首を挽かせた。他方、夫の太夫殿には所領を与えられた。

それから小栗殿は常陸の国にお戻りになる。御所に数々の棟と門を建て、富貴で、幸福に満ちあふれ、二代にわたる長者と栄えた。

その後、生あるものは必ず滅びる習いにしたがい、八十三歳で大往生を遂げられた。神や仏がひとところにお集まりになり、これほどの、真の大剛の武士を、いざ神と祭り、末世の衆生に拝ませようと、小栗殿を、美濃の国安八の郡墨俣に、「たるいおなこと」の神体は正八幡、荒人神とお祭りになった。同じく照天の姫をも、十八町下に、契り結ぶの神とお祭りになった。契り結ぶの神の御由来までもすっかり語り納めて、所も繁昌、御世もめでたく、国も豊かにめでたいことよ。

小栗は八十三歳で往生を遂げる。神仏が参集して、この大剛の武士を神と祭り、末世の衆生に拝ませようと話し合う。阿弥陀聖衆はもとより、普賢、文殊、地蔵、不動明王から神、天狗の姿まで見える。（第十五巻）

小栗は美濃国安八郡墨俣に、「たるひおなこと」、正八幡神と祭られた。社頭に参詣者が列をなす。武神ゆえ、男性の姿が目立つ。（第十五巻）

その十八町下に、妻の照天が契り結ぶの神と祭られた。やはり参詣者でにぎわうが、こちらは女性の姿が目立つ。（第十五巻）

解説

川崎剛志

説経「小栗」は、貴種にして放埒な勇者小栗と照天の恋愛と別離、流転、再生、そして成神の物語である。壮絶な人の生の苦悩と救済を哀切な調子で語った説経の代表作で、「さんしょう太夫」「苅萱」「しんとく丸」「愛護の若」等（異説あり）とともに五説経の一つに数えられている。

図１　『歌舞伎図巻』上巻（部分）（徳川美術館所蔵 © 徳川美術館イメージアーカイブ／DNPartcom）

説経は本来、有髪俗体の男が大傘を広げ、簓《ささら》をすりながら語る芸能であった。しかし、説経がそうした活動に終始していたならば、彼らの語った本文が文字に刻まれることはなかったであろう。江戸初期、彼らの一部が人形操りと結んで舞台に進出し、太夫と呼ばれた語り手の正本が求められたとき、はじめて説経の本文が文字に刻まれた。本書はその当時の説経「小栗」の本文を現代語に訳して公刊するものである。

説経「小栗」の人気は当初から格別であったよ

うで、寛永期には早くも数種の正本が古活字版や製版で出版され、絵巻も制作されている。本書では、これらのうち説経正本の古形をほぼ完備する宮内庁三の丸尚蔵館所蔵絵巻を底本とし、一部、底本の不備を天理図書館所蔵奈良絵本と古活字版で補った。本書の挿絵も底本の絵巻による。絵巻『をくり』(『小栗判官絵巻』)は全十五巻。伝岩佐又兵衛作の壮麗な絵巻群のひとつで、寛永後半(一六三四—四四)頃の作と推定されている(辻惟雄『岩佐又兵衛浮世絵をつくった男の謎』(文藝春秋、二〇〇八)、深谷大『岩佐又兵衛風絵巻群と古浄瑠璃』(ぺりかん社、二〇〇八)ほか)。

なお説経の本文のうち、聴かせどころの一つである道行文と和歌のみ別の書体で示した。掛詞、縁語など一音が両義をはらみ展開する語りの妙に聴き入っていただきたい。

あらすじ

都に住む二条大納言兼家夫婦には世継ぎがなかったので、鞍馬の毘沙門天に参り子を授かるよう祈願した。満願の夜、妻の夢に毘沙門天が現れて、一枝に三つ成ったありの実を授かると見て懐妊した。無事、男子が誕生。ありの実にちなんで、有若殿と名づけられた。七歳で東山の寺に入り、一番の学匠と称えられた。十八歳で下山して元服。常陸小栗と名のった。

小栗は放埒で、二十一歳までに妻を七十二人迎えたが、いずれも気に入らない。ある日、鞍馬の申し子なので、定まる妻も鞍馬に祈願したいと思い立ち参詣する。途中、市原野辺で笛を吹くと、深泥池の大蛇が笛の音色と小栗の容姿に惚れ、十七、八歳の美女に化けて鞍馬の一の階段に立つ。小栗はこれを鞍馬の利生と思いこみ、二条の屋形に連れ帰った。

小栗は深泥池の大蛇と毎夜契っていると噂になったため、父の兼家は小栗を流罪と決めるが、母の助言により、母の領地のある常陸国に流した。小栗は地元の侍たちに大将として迎えられた。

ある日、小栗の屋形に後藤左衛門という商人が来て、武蔵・相模両国の守護代、横山殿の屋形に、日光山の申し子で、照天という美しい姫がいると語る。小栗は見ぬ恋に憧れて、謎を連ねた恋文を後藤に託す。照天は謎を解いて返事を書く。小栗は十人の侍を従え、横山一門に無断で照天を訪ねて契りを結ぶ。

父の横山殿は憤慨して小栗殺害を企む。三男の三郎の提案で、人食い馬の鬼鹿毛の餌食にしようとするが、小栗が鬼鹿毛に道理を言い含め、死後、馬頭観音と祀ると約束すると従順になる。小栗は自在に鬼鹿毛を御し、次々と秘術を披露した。

次も三郎の提案で、小栗を酒宴に招き毒殺しようとする。不吉な夢を語る照天の制止を振り切って小栗は酒宴に行き、侍十人ともども毒殺される。小栗は土葬、十人の侍は火葬にされた。

横山殿は都の評判を慮って、鬼王鬼次兄弟に照天殺害を命じる。相模川のおりからが淵に沈めようとしたとき、兄弟は翻意し、照天を乗せた牢輿を流す。

牢輿はゆきとせが浦に漂着する。照天は村の長に救われるが、長の留守中、邪見な妻の手で六浦の商人に売られる。浦伝いに転々と売買され、越後国、越中国、能登国、加賀国、越前国と渡り、敦賀に着く。敦賀から近江国の海津、大津を経て、美濃国青墓宿の万屋に買われる。万屋の長は流れを立てよと命じるが、照天は拒み、下の水仕となった。常陸小萩と名づけられ、十六人分の仕事を負わせられたが、日光山の申し子なので千手観音（日光の男体山の本地仏）が身に添い助けた。

一方、毒殺された小栗らは閻魔の庁に赴く。主を思う侍の至誠に感じて、閻魔大王は修羅道へ堕とすべき小栗を含めて十一人を娑婆に戻すと決めたが、火葬された十人の侍は蘇生できないため十王と祀って自らの脇に置き、小栗ひとりを娑婆に戻した。

相模国の上野が原の塚が割れ、小栗が蘇生する。手足は細く、腹は鞠のように膨らんでいた。これを見つけた藤沢の上人は、剃髪し、餓鬼阿弥陀仏と名づける。胸札をみると、熊野本宮の湯の峰に入れるようにと書かれ、閻魔大王の自筆の判が据えられていた。上人はその胸札に「一引き引いたら千僧供養、二引き引いたら万僧供養」と書き添えて、土車を作って乗せる。一対の綱を付け、上人自らも引き手に加わって、「えいさらえい」「えいさらえい」と富士川まで引いた。途中、五町ほど、横山家中の侍も小栗と知らず土車を引いた。その後、多くの人々の施しによって宿から宿へと引かれ、土車は青墓宿の万屋の前に着いた。

照天は餓鬼阿弥が小栗だとは気づかぬまま胸札を読み、小栗と十人の侍のために土車を引こうと決意し、万屋の長を説得して五日の暇を給わる。古い烏帽子をかぶり、油煙の墨を塗って美貌を隠し、幣を付けた笹を手に狂女の体で土車を引く。近江国の関寺に着くと、小栗の胸札に自分の行状と名を書き添えて、長との約束通り万屋に戻った。

土車は都を経て、四天王寺を通り、熊野に向かう。こんか坂に着くと、ここからの道は険しいと放置された。通りかかった大峰入りの山伏が、籠を組んで餓鬼阿弥を背負う。上野が原を発って四百四十四日め、熊野本宮の湯の峰に入った。薬湯が効き、眼、耳、舌と次第に回復し、四十九日で全快した。熊野三山をめぐった後、熊野権現の化した山人から二本の金剛杖を受け取る。川に流すと、二本の杖は船体と帆柱となり、小栗は難なく帰京した。

二条の屋形に戻り、「昔の小栗」と名のる。父の兼家は試みに三本の矢を放ち、小栗が両手と口でこれを止めたのを見て我が子と認める。親子連れ添って参内し、帝から国々を拝領する。国司として美濃国に入り、青墓宿の万屋で小萩を呼び寄せる。はじめに小栗が、次に照天が素姓を明かし、再会を遂げる。

すぐさま小栗は万屋の長を処刑しようとするが、照天に諫められて翻意し、美濃国十八郡の総政所を与える。続いて常陸国に入り、横山攻めの準備を進めるが、やはり照天に諫められてこれも許す。横山殿は大量の黄金と鬼鹿毛を進上したが、三郎だけは柴漬《ふしづ》けに処せられた。また、ゆきとせが浦では、長に所領を与える一方で、姥の首を竹鋸で挽かせた。

後に鬼鹿毛が亡くなると、小栗はその姿を漆で固めて馬頭観音と祀り、横山から得た黄金で御堂を荘厳した。

小栗は八十三歳で大往生を遂げ、美濃国墨俣のたるいおなこと、正八幡と祀られた。妻の照天も十八町下に契り結ぶの神と祀られた。

特性の一　因果応報の内実

日本には古来、仏の教えを巧みに説き聴かせて人々を仏道に導く唱導の伝統があった。彫琢された文を抑揚のある声で説き、聴衆の心をつかむためさかんに譬喩・因縁を用いたという。唱導から種々の語り物が派生し、日常の生活空間に浸透した。そうした語り物の一つが説経で、中世の後期に現れたとみられる。

因果応報の理を説くのが説経の常套だが、物語の諸要素が緩急自在に絡み合い、時に直截に、時に紆余曲折の末にその理が明らかとなるところに「小栗」の特性の一がある。作中で「因果の車」とも語られる餓鬼阿弥の土車はまさに廻る因果の象徴であったが、土車を介して現れた因果応報の理とは一体どのようなものであったのか。

閻魔大王は小栗を蘇生させるとき、熊野本宮の湯の峰へ運ぶよう藤沢上人に託すと書いた札を小栗の首にかけた。相模国上野が原で小栗をみつけた藤沢上人は、一つには閻魔大王の命に従い、一つには横山一門の目から逃れるため、小栗を剃髪して餓鬼阿弥と名づけ、土車に乗せ、胸札に「一引き引いたら千僧供養、二引き引いたら万僧供養」と書き添えた。相模畷で横山家中の侍らが、亡くなった（はずの）照天の供養のためにと土車を五町ばかり引いたのは、上人の思惑をも上まわる結果だったが、美濃国青墓では常陸小萩こと照天の目までも欺いてしまう。小萩は亡くなった（はずの）夫の小栗と十人の侍の供養ためにと美濃国青墓から近江国関寺まで土車を引く。照天も小栗も生き延びており、十人の侍も閻魔の庁で十王となったのだから、横山家中の侍の願も、照天の願も的外れで、彼らの車を引く行為は不毛にも映るのだが、それが当座のすれ違いの趣向にとどまらず、めぐりめぐって、横山一門の助命（三郎を除く）、馬頭観音の黄金の御堂建立、小栗と照天の繁昌と成神という果を結ぶところに、「小栗」の因果応報の内実がある。

こうした特性は、土車を引くために暇を乞う小萩と万屋の長のやりとりにも端的に現れている。長を欺くために小萩が並べ立てた嘘のうち、万一の時は身代わりになると言ったことばを真に受けて、長は小萩の申し出に二日を添えて五日の暇を与えた。小萩の嘘に長の打算が妙に符合して、青墓宿から土車は動き始めたのだ。熊野で本復した後、小栗は胸札に小萩が書き添えた文言をたよりに万屋を訪ね、小萩を宴席に呼ぶ。拒む小萩に、万一の時は身代わりになると言ったはずだと長が迫り、前言に縛られて小萩は下の水仕の姿で出仕する。宴席でもすぐにそれとは気づかず、互いの身の上を打ち明けてようやく再会を果たし、万屋の長も美濃国十八郡の総政所を与えられる。

このように、土車という「因果の車」はそれを引く行為に関わった人々の薄っぺらな当座の虚言や打算までも善行へと転じ、末繁昌に導いたのであった。

特性の二　本地物における受苦

「小栗」の特性の二は、本地物の枠組みのなかで、恩愛という煩悩ゆえの受苦が語られるところである。

本地物とは神仏の由来を語る物語の形式であり、ひとたび人と生まれ、苦しみに満ちたその生を終えた後に神仏と成った経緯が明かされる。人としての受苦が過酷であればあるほど、神仏は御前に参る人々の苦悩と祈りを切実に受けとめて利益を施す、と信じられていた。

現存する説経正本「小栗」の語り出しと語り収めをみると、それが語られた場に応じて京の北野社と結び付けられた例（奈良絵本）や、舞台芸能の時流を反映して本地物の形式を失い、祝言で結ばれた例もあるが、底本の絵巻のように首尾の照応するのが古形とみられる。

> そもそもこの物語の由来を詳しく尋ぬるに、国を申さば、美濃国安八郡墨俣、たるいおなことの神体は正八幡なり。荒人神の御本地を詳しく説きたて広め申すに、これも一年は人間にてやわたらせ給ふ。……
> 小栗殿をば、美濃国安八郡墨俣、たるひおなことの神体は、正八幡、荒人神とお斎ひある。同じく照天の姫をも、十八町下に契り結ぶの神とお斎ひある。契り結ぶの神の御本地も語り納むる。所も繁昌、御世もめでたう、国も豊かにめでたかりけり。

本地物の主人公らは多く、神仏の申し子として生まれ、人として辛苦を重ねた末に、死後、神仏と祀られる。本地物という形式は、主人公らに正負両面にわたる超人的な能力や性癖を与えると同時に、人として極限の、あるいは極限を超えた辛苦を与える。申し子だからといって、子種を授けた神仏が過たず主人公を導いてくれるわけではない。

「小栗」もその例にもれない。小栗は京の鞍馬の毘沙門天の申し子、照天は下野国の日光山の申し子だが、いずれの神仏も寡黙である。わずかに日光山の千手観音が照天に影の如く添い擁護すると二度ほど語られるが、要所には現れない。例えば、小栗は「ある日の雨中のつれづれに」自らが鞍馬の申し子であったことと思い出し、妻を乞うため鞍馬に参る。一の階に立つ美女（深泥池の大蛇の化身）を見たとき、小栗は「これこそ鞍馬の利生とて」美女を自邸へ迎えた。小栗の浅薄な信仰心がひきおこしたこの悲喜劇を眼にしても、毘沙門天はなお沈黙をまもり、人の愛欲と妄想に任せた。ただ、それは神仏の深慮の問題ではなく、本地物の形式に帰する問題であった。つまり、救済を確約された本地物ゆえに、人の煩悩と受苦を徹底して語りえたのである。

とくに「小栗」の場合、壊れやすい生身の肉体の受苦が強く意識されていた。火葬か土葬か、死骸の有無が小栗と十人の侍の蘇生の可能性を分けた上に、蘇生した小栗の肉体も損なわれたままであった。醜悪な餓鬼阿弥としての蘇生は肉体を重くみる古代以来の蘇生観を引き継いだものであり（出雲路修「「よみがえり」考」『説話集の世界』岩波書店、一九八八）、道行文の「えいさらえい」という土車を引く掛け声のくりかえしが、肉体の重みを聴衆に伝える。

小栗・照天説話の背景・伝承者

説経「小栗」は本地物であると同時に、享徳四年（一四五五）に滅びた常陸国小栗郷の小栗氏の由来と繁昌を語る物語でもあった。その背後には、どのような宗教世界が広がっていたのであろうか。

説経以前の小栗・照天説話を伝える文献資料は限られている。わずかに『鎌倉大草紙』（文明十一年（一四七九）以後、成立年未詳）に、応永三十年（一四二三）、常陸国住人小栗孫五郎平満重が鎌倉公方足利持氏に叛いた末に落城、行方知らずとなった件に続いて、満重の子、小次郎の逸話として類話が載るばかりである。そこでは、小次郎が相州権現堂で盗賊に毒酒を盛られそうになるが、遊女てる姫のお蔭で難を逃れ、荒馬に乗って藤沢の道場に行き、上人を頼り三州に送られた。後にてる姫に宝を与え、盗賊を誅罰した、と記されており、小栗・照天説話の流布の一端が窺われる。

説経以前の文献資料に恵まれない状況のもと、説経「小栗」の物語の舞台となった常陸国の小栗郷、相模国の時宗の藤沢道場（清浄光寺）、美濃国青墓・墨俣等が注目され、それらの場を拠点とする神明巫女や念仏比丘尼、説経の人々等の関与により、小栗・照天説話が生成し、発展したとみられてきた。滅びた小栗氏の荒ぶる霊を鎮魂するため、常陸国小栗郷の巫覡により「馬の家としての小栗家」の物語が語られたことから、この物語が発生したとも推測されている（福田晃「小栗照手譚の発生」『国学院雑誌』六六―一一、一九六五）。この推論に対しては文学の発生論の可能性と限界の問題をも含めて賛否両論があった。また、藤沢道場、青墓・墨俣における説話の管理や成長という点についても、当時の実情に照らした堅実な議論が求められている。とりわけ藤沢道場については、永正十年（一五一三）の焼失後、正式な再興が慶長十二年（一六〇七）まで下る事実を重く受けとめねばならない（瀬田勝哉「説経『をくり』の離陸」『武蔵大学人文会雑誌』四一―二、二〇一〇）。

これとは別に、京における美濃国墨俣の両社の知名度について一言触れておきたい。説経「小栗」からは正八幡神が主で結神は従といった印象を受けるが、京から鎌倉に至る海道の歌枕として知られていたのは結神のほうであった。阿仏尼『十六夜日記』には「昼つ方、過ぎ行く道に目に立つ社あり。人に問へば、結ぶの神とぞ聞こゆると言へば」として、

まぼれただ契り結ぶの神ならば解けぬ恨みにわれ迷はさで

と詠まれ、また一条兼良『藤河の記』には「美濃国の歌枕の名所、その所は何処とも知らねども、心に浮かぶ事どもを筆のついでにかき集め侍るべし」として詠まれた十五首のなかに、

世の人のあだを結ぶの神なりと祈らば心解けざらめやは

とみえる。説経以前から結神という場が照天説話の生成に関与していたか、それとも付会に過ぎないのかは未詳だが、京の聴衆のなかには、歌枕の結神の由来ということで照天に親しみをおぼえた者もいたであろう。

説経「小栗」の作者

前述のような宗教者や説経の人々の関与を経て小栗・照天説話が成長し、飛躍した末に、近世初期の説経正本「小栗」の本文がある、とみるのが大方の見方であった。説経の人々は自らの境涯と重ね合わせるように作品を語り、そうした語りのありようが作品の内容にも色濃く反映されているともみられてきた。あるいは、同時代の語り物である幸若舞の本文とくらべて、初期の説経の本文には口頭的構成法による口語りの伝統が生きているとの分析も示されている（山本吉左右『くつわの音がざざめいて　語りの文芸考』平凡社、一九八八）。

それに対して、説経「小栗」の本文には、特定の作者による創作の営為の跡が認められる、というのが信多純一氏の御説である（新日本古典文学大系『古

浄瑠璃　説経集』解説、岩波書店、一九九九）。その主な根拠の一つは、幸若舞「夜討曾我」「鎌田」「信田」「敦盛」等の構成や文辞が襲用・応用されていることである。特に「小栗」の鬼王・鬼次兄弟の名は「夜討曾我」の鬼王丸・道三郎兄弟に由来し、照天が兄弟に形見を取らせる件には「夜討曾我」の同様の場面からの本文の襲用が確認できる。いま一つは、上野が原で蘇生した直後に小栗が指でなぞったという文字「眼舌耳（がぜに）やまひ」（目耳鼻舌身意の六根のうち三根の病）が、熊野本宮の湯の峰で小栗の三根が順次回復した件と呼応することである。

近世初期、舞の本（幸若舞）は広く読まれると同時に、文芸創作の主要な種の一つとして大いに活用された。説経だけがその流れと無縁であったとは考えがたい。

説経の盛衰と「小栗」のその後

説経の人々の姿が絵画に現れるようになるのは近世初期以降で、徳川美術館所蔵『歌舞伎図巻』がその初見とされる。洛中洛外図屏風・遊楽図屏風・祭礼図屏風には説経が描きこまれることが多かった。大傘を広げ、簓をすりながら語る辻説経のほか、家々をめぐる門説経もみえる。舞台芸能となった説経の影響か、三味線や胡弓を伴奏とする者もいた（徳田和夫「説経説きと初期説経節の構造」『国文学研究資料館紀要』二、一九七六。山路興造『翁の座』平凡社、一九九〇）。辻説経と門説経の両者がともに描き込まれた祭礼図屏風もある（信多純一「伏見御香宮祭礼図屏風について」『国華』一一一一―五、二〇〇五）。

彼らの一部が人形操りと提携し、三味線を伴奏に舞台に進出した。それを機に人気の太夫の説経正本も刊行された。その先駆けは、寛永期（一六二四―四四）、大坂に現れた与七郎で、四天王寺を中心に興行したと推定される。その後、大坂では慶安期（一六四八―五二）から明暦期（一六五五―五八）に佐渡七太夫が活躍した。彼は名代を大坂に残して江戸へ行き、寛文期（一六六一―七三）以降、大坂七太夫と呼ばれて天満八太夫と競った。佐渡七太夫の名跡は江戸に継承された。京には、与八郎、佐太夫がいたというが確証はない。寛文期に日暮小太夫が現れ、その弟子八太夫の名代は文政期（一八一八―三〇）頃まで確認できる。江戸では、万治期（一六五八―六一）頃から天満八太夫が現れ、寛文元年（一六六一）に石見掾を受領した。宝暦十年（一七六〇）刊『風俗陀羅尼』に「いたはしや浮世のすみに天満節」とあることから、衰微しつつも天満節が続いていた事情が察せられる。江戸で最後の命脈を保っていた説経もやがて消えるが、その語り物は山伏祭門語りに継承され、現在まで伝えられている。（室木弥太郎『語り物の研究』増訂版、風間書房、一九八一。信多純一、前掲書解説）。

このように都市の舞台芸能の競合のなかで説経は次第に後退していったが、説経特有の節や名作が忘れ去られたわけではなく、浄瑠璃や歌舞伎に摂取されるかたちで生き続けていた。浄瑠璃では「当流小栗判官」（正徳四年（一七一四）、竹本座、近松門左衛門存疑作）、「小栗判官車街道」（元文三年（一七三八）、竹本座）、歌舞伎では「小栗鹿目石」（元禄十六年（一七〇三）、市村座）、「小栗十二段」（同年森田座）などが代表作である。そのほか、読本「小栗外伝」、合巻「小栗一代記」等にも作られている。

さらに説経「小栗」は、文芸の枠を超えて、信仰や生活の空間で確たる〈史実〉として生き続けた。小栗・照天と縁があるという寺社は彼らの事跡や遺品を伝え、また、海道にも熊野参詣路にも諸所に彼らの足跡が伝えられた。例えば『紀伊続風土記』（江戸後期）によると、「熊野往還の古道」で「今の街道」と少し変わる所を「小栗街道」と言い習わしているという。また、湯の峰から本宮に行く道沿いに「車塚」があり、小栗が湯で平癒して車をここに棄てて帰ったとも伝える。古代以来、「人まねの熊野詣」（九条兼実『玉葉』文治四年（一一八八）九月十五日条）、「蟻の熊野詣」（『杜詩続翠抄』永享十一年（一四三九）頃成立）と表現されるほど（小山靖憲『世界遺産　吉野・高野・熊野をゆく　霊場と参詣の道』朝日新聞社、二〇〇四）、無数の人々が熊野に詣でた。

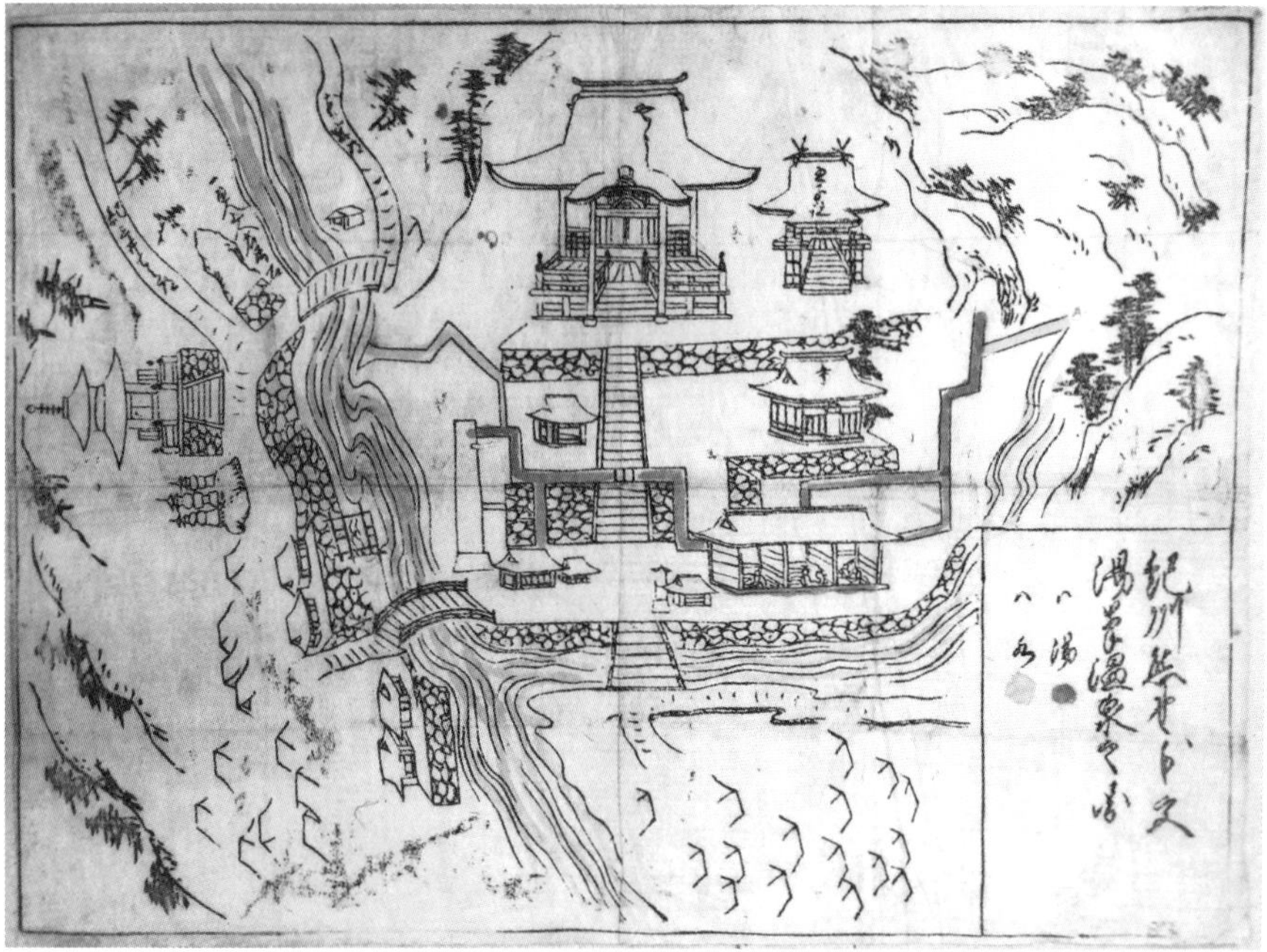

図2　紀州熊野本宮湯峰温泉之図（神戸女子大学古典芸能研究センター志水文庫所蔵）

白河院以下、院政期の上皇の熊野御幸を数えただけで百度近くに及ぶ。「小栗」の現れるずっと前から「古道」は歴史を重ねてきたのだが、小栗の土車が引かれたという〈史実〉によってその呼称が書き換えられたのである。

小栗と照天の物語と生の痕跡は、虚実を超えて、私たちひとりひとりの心と頭を強く揺さぶり、この国の時空までも再構成した。主に道行で語られた照天の船の航跡、小栗の土車の轍にそってそれは進んだが、しばしば道行文の行間や前後に当る地にまで影響は及んだ。

このように、四百年以上を経ても小栗と照天は現在を生きている。説経「小栗」は、私たちと同じ時空を生きる古典なのである。

あとがき

川崎　剛志

先の「浄瑠璃物語」に続いて、信多先生は「小栗」の現代語訳を準備されていたが、その半ばで倒れられた。先生は私に本書を完成するようにとおっしゃった。そのような事情で本書は先生と私の共著となり、私が解説を執筆した。先生の門下には、先生と出会わなければ国文学研究を志すはずのなかった者が何人かいる。私もその一人である。

多くの先学が、学問領域を超えて小栗に魅入られてきた。信多先生もまた小栗と深い縁がある。早く『説経正本集』第二解題（角川書店、一九六八）で小栗の諸本に関する御説を示され、新日本古典文学大系『浄瑠璃集　説経集』解説（岩波書店、一九九九）では、「現存の正本の本文を作るという段階においては、特定の作者像がむすばれてくるように思うのである」と述べておられる。本書の解題ではその視点から新たな小栗論を示されるはずであった。それを拝読できず、残念でならない。先生は私に、古典の現代語訳を求める多くの読者のために、作品の読みの可能性を開く方向で解説を書きなさい、とおっしゃった。本書刊行の真意もそこにあると拝察する。

絵巻『をくり』を所蔵する宮内庁三の丸尚蔵館と学芸員の太田彩氏には格別のご高配を賜った。林進氏、深谷大氏にも種々お導きいただいた。また川端咲子氏にはあらゆる面で支えていただいた。深く感謝申し上げます。

最後に本書刊行をご快諾くださり、遅々として進まない作業をあたたかくみまもっていただいた和泉書院廣橋研三氏に心より感謝申し上げます。

著者紹介

信多純一（しのだ じゅんいち）

昭和六年大阪府生まれ。京都大学大学院文学研究科国文学専攻博士課程修了、文学博士。大阪大学教授を経て、大阪大学名誉教授、神戸女子大学名誉教授。著書に『熱海本　上瑠璃』（共著、京都書院、昭和五十二年）、『しやうるり　十六段本』（共著、大学堂書店、昭和五十七年）、『近松の世界』（平凡社、平成三年）、新日本古典文学大系『古浄瑠璃　説経集』（共著、岩波書店、平成十一年）、『馬琴の大夢　里見八犬伝の世界』（岩波書店、平成十六年）、『浄瑠璃御前物語の研究』（岩波書店、平成二十年）、『好色一代男の研究』（岩波書店、平成二十二年）、『現代語訳 完本 浄瑠璃物語』（和泉書院、平成二十四年）など。

川崎剛志（かわさき つよし）

昭和三十七年広島県生まれ。大阪大学大学院文学研究科国文学専攻博士課程単位取得。文学修士。就実大学教授。著書に、真福寺善本叢刊『熊野金峯大峯縁起集』（共著、国文学研究資料館編、臨川書店、平成十年）、『和歌山県立博物館所蔵熊野権現縁起絵巻』（共著、和歌山県立博物館編、勉誠出版、平成十一年）、『修験道の室町文化』（編著、岩田書院、平成二十三年）、『備前国西大寺縁起絵巻』（共著、就実大学吉備地方文化研究所、平成二十五年）など。

現代語訳 完本 小　栗

2014年11月 7 日初版第 1 刷発行（検印省略）

著　者　信多純一・川崎剛志

発行者　廣橋研三

発行所　有限会社和泉書院

〒543-0037　大阪市天王寺区上之宮町7-6　電話 06-6771-1467　振替 00970-8-15043

印刷・製本 遊文舎　装訂 上野かおる

ISBN978-4-7576-0720-0　C0093

「現代語訳で読む浄瑠璃御前と
源氏の御曹司義経の悲恋物語〈全訳〉

信多純一 著

現代語訳 完本 浄瑠璃物語

1978-4-7576-0639-5
■A5上製（横本）・一五九頁・本体三〇〇〇円＋税

◎『浄瑠璃御前物語』は、源氏の御曹司とも呼ばれる義経が奥州へ下る旅の途次に、三河矢作の里で出会った美少女浄瑠璃御前との悲恋物語である。

◎「浄瑠璃」の由来ともなったこの物語は、語り物として音曲化され、人々に広く愛されていたが、現在は完本を確認できない。

◎本書では、本来の面影をよくとどめる山崎美成旧蔵十六段本を中心に原『浄瑠璃御前物語』を復原し、原文の優美な語り口調そのままに、わかりやすい現代語に全訳した。

◎浄瑠璃物語絵巻をはじめとする多数の図版を収録。